鲁迅文学奖获奖作家自选集

刘笑伟　主编

★★★

报告文学

雪莲花开

钟法权◎著

中国言实出版社

图书在版编目(CIP)数据

雪莲花开 / 钟法权著. -- 北京：中国言实出版社，
2025.6. --（鲁迅文学奖获奖作家自选集 / 刘笑伟主编）.
-- ISBN 978-7-5171-4888-3

Ⅰ. I25

中国国家版本馆CIP数据核字第2024RN6115号

雪莲花开

责任编辑：郭江妮
责任校对：王战星

出版发行：中国言实出版社
　　地　址：北京市朝阳区北苑路180号加利大厦5号楼105室
　　邮　编：100101
　　编辑部：北京市海淀区花园北路35号院9号楼302室
　　邮　编：100083
　　电　话：010-64924853（总编室）　010-64924716（发行部）
　　网　址：www.zgyscbs.cn　电子邮箱：zgyscbs@263.net

经　　销：新华书店
印　　刷：北京鑫益晖印刷有限公司
版　　次：2025年7月第1版　　2025年7月第1次印刷
规　　格：880毫米×1230毫米　1/32　7.875印张
字　　数：180千字

定　　价：58.00元
书　　号：ISBN 978-7-5171-4888-3

总　序

文 / 徐贵祥

　　2023 年八一建军节之际，欣闻中国言实出版社正在组织编纂一套"鲁迅文学奖获奖作家自选集"丛书，而且第一批十一卷本即推出十一位军旅作家的作品，感到十分振奋和欣喜。

　　鲁迅文学奖是体现国家荣誉的重要文学奖之一。中国言实出版社"鲁迅文学奖获奖作家自选集"丛书收录了走上中国文学圣殿作家的获奖作品（节选），以及由作家本人精选的近年来创作的代表作，每一本"鲁迅文学奖获奖作家自选集"既是对现实生活的生动写照，也是对时代精神的赓续和传承，体现了文学的风骨，彰显了中国精神、中国特色和中国气派。我为中国言实出版社的胆识和气魄叫好！据我所知，在第七届、第八届鲁迅文学奖的评选中，中国言实出版社连续两届都有作品荣膺鲁迅文学奖桂冠。这个成绩的取得十分不易，可喜可贺！

尤其令我欣慰与自豪的是，第一批十一卷本以军旅作家为代表，收录了十一位获得鲁迅文学奖的军旅作家的作品。这些作品体现了近年来军事文学取得的突出成绩，展现了新时代强军兴军伟大历史进程中人民军队的精神风貌，是新时代军旅文学的重要果实，是军旅作家们献给建军百年的一份难得而珍贵的文学记忆。

军事文学是社会主义先进文化的重要组成部分，无论在艰苦卓绝的战争年代，还是在意气风发的和平建设时期，军旅作家肩负着光荣使命，弘扬时代的主旋律，倾情书写爱国主义和革命英雄主义精神，在中国文学史上留下了一部又一部难忘的经典，耸起一座又一座艺术的高峰。

新时代以来，随着强军兴军的时代步伐的迈进，人民军队体制一新、结构一新、格局一新、面貌一新，发生了深刻的变化，军事文学也迎来了全新的机遇与挑战。面对强军兴军的崭新实践，军旅作家们深入生活、深入基层、深入官兵，创作出一大批优秀文学作品，捕捉到反映出新时代特质的崭新意象，描绘出一系列新时代官兵的艺术形象，非常值得鼓励和提倡。这套丛书，就是对新时代军事文学的一次检阅。

我想，军旅作家们任何时候都不能缺失责任感和勇气，军旅文学就是要勇于攀登思想与精神的高地。军队作家要进一步"根往下扎，树往上长"，贴近基层、贴近生活、贴近官兵、贴近现实。同时，要把握世界军事格局的新变化、新动态，掌握强军训练出现的一些新特点，这样才能够写出接地气、有温度、有力度的军事文学作品。

"鲁迅文学奖获奖作家自选集"丛书给了军旅作家这样一个展示军旅文学最新成果的平台，善莫大焉。相信这套丛书一定能够得到读者的喜爱！

2023 年 8 月 1 日于京郊

（徐贵祥，中国作家协会副主席、军事文学委员会主任，茅盾文学奖获得者）

序言
一个真实俊美的"童话"

李炳银

美国作家菲利普·罗斯几年前曾说:"我们现在生活在这样一个时代里,任何小说家的想象力,在次日早上的报纸面前,都倍显无力。"这就是说,社会生活的丰富复杂和本身具有的戏剧性,已经是小说家单纯通过想象虚构难以比拟了。生活的真实存在也许比简单的虚构表达更加富有时代感、诱惑力和感染人的力量。在传媒手段因科技发展日渐更新的当下,这样的情形更加的突出。如今,每时每刻从电视、手机、微信等传来的各种正面或负面的社会消息,几乎是在淹没着所有的虚构故事,让生活的复杂性和真实魅力更多、更及时、更个性灵活地呈现出来。

我在读过钟法权的长篇报告文学《雪莲花开》之后，对罗斯的这种看法有了更加具体突出的感觉认识。作品主人公邱宏涛和丁赟两个男女青年真实的远距离接触、交流、爱情、婚姻故事，就像一个现代的童话故事，美丽、壮烈、温暖、动人。特别是在今天这样一个很多人的价值追求已经更多地趋向物质和实际、严重忽略纯洁精神情感以至道德高标的社会环境中，像丁赟这样一个生活生长在浙江湖州舒适富庶地方的漂亮女大学生，能够与远在西藏唐古拉山上的边防战士邱宏涛通过书信联系交往，逐渐产生爱恋感情，最后走向婚姻殿堂，结婚生子，并且放下本来在湖州很不错的石油公司的工作，嫁到陕西汉中南郑县山区乡下的情形，实在是非常罕见稀少的现象。在现实生活中，在银屏和网络上已经很多地将爱情与物质、地位、享受、矫情庸俗地联系与表演的时候，像邱宏涛和丁赟这样真实的美好温馨爱情故事，因为其明显的现实超越性和个性存在，就非常具有关注和阐释价值。

邱宏涛是经老班长的妻子牵线与丁赟开始联系的。当他从唐古拉山这个被认为是"高山上的山""雄鹰飞不过去的山"上的输油泵站向丁赟发出第一封书信的时候，他不会想到，自己这个身处高原缺氧（只有平原地区氧气的一半）、时常导致人呕吐、头痛、厌食、失眠，并发生过冻死人现象、"一年刮一次风，从正月初一刮到大年三十"环境的士兵的来信，能否得到身在"天堂"之地的一个即将走进大学的姑娘的回复。可是，本来以为不大可能的事情却意外地真实地出现了。丁赟不但很快给他写来复信，还对他报效国家、献身国防的精神行为给予赞扬。交往就这样开始了、书信交流开始增多，开始深入，渐渐地由书写生活环境知识、个人志向情况交流转向了手机短信、情感爱恋沟通融合，事情开始向质的方面发生变化了。邱宏涛本来就有"温室里长不出大树，艰苦才能锻炼人"的青春志向，到部队后很快就成了出色的士兵。如今，在邱宏涛不无自豪地描述了高原的知识和美丽严酷及自己的人生价值观、爱恋心思等情形之后，丁赟从理解渐渐地变成了向往和接受。二人的书信和交流，及时密集，丁赟后来干脆称呼邱宏涛为"老公"，并自称"老婆"。"我还要等着你来娶我""我们精神是一体，分不开的"等真诚内心表达，非常的自然坦率。当两颗年轻火热的心灵沟通靠近之后，唐古拉山与湖州之间的"距离和空间"的阻隔，被真诚善良和美丽的精神情感所征服，所填充，爱如同高原雪莲战胜高寒缺氧的严酷环境，美丽绽放了。

耐心的读者，可以仔细地读读邱宏涛和丁赟相互间的来往信件。这些本来只是他们二人间的思想情感隐秘交流内容，因为其真挚、纯洁、热烈、感动等而显示出美妙，传递出一种真诚俊美和巨大的人性情感力量。肯定，是因为交流的不同寻常，双方对于这种交流的万分珍惜（邱宏涛就将丁赟发来的每一条手机短信抄录下来保存，这些交流文字、信息方得以存在），成为作家如今还原故事的真实依据。正是这些原本真实的思想情感表达，很真实和准确地记述着他们的爱情从萌芽进展到成熟的过程。尤其是丁赟，她在自己决定选择邱宏涛的过程中，曾经被不少朋友和亲人不理解，甚至认为她中了"邪"，强烈地劝说反对，但是她坚定自己的选择，坚持自己在爱情婚姻上的独立权利，终于有了六年多鸿雁传书后，两人相拥互敬互爱的完满结果。记得著名作家党益民在书写青藏高原上战士们的忠诚和奉献精神与感情表现时说："我爱的花儿在高原，她的美丽很少有人看见。我爱的人儿在高原，他的笑容没有被污染。"邱宏涛与丁赟之间这种超出了当今世俗藩篱的青年男女的童话般浪漫爱情故事，就是这样的感情。如今，邱宏涛在高原已经将近18年，2014年他光荣荣立二等功一次，丁赟被授予"中国青年五四奖章""全国向上向善好青年"；丁赟结婚生子到南郑乡下已经五年，他们的童话故事还在继续。

《雪莲花开》的作者钟法权，显然是被邱宏涛和丁赟的爱情故事强烈地感动了。作者用非常钦敬的情感和质朴的语言真实地解读、叙述，完整而又不无起伏变化地向读者呈现了这个故事的进程原貌，将一个美丽的并非一般的浪漫爱情传说讲述给人们，使人感到新颖、感动和惊异。这样的真实故事，再一次见证了爱情的力量。真正的爱情，是建立在纯洁和精神情感完全沟通交融中，是可以超越任何的世俗藩篱而抵达神圣崇高的殿堂。人们也许不一定都像邱宏涛、丁赟这样经历坎坷曲折的爱恋情形，但需要承认和赞美、尊重他们这种伟大纯洁的爱情。爱因斯坦说："逻辑可以带我们从A走到B，想象可以带我们去任何地方。"这样的认识很是精辟。可在我看来，真实社会生活的存在，有些时候也是逻辑和想象所不能够企及的。像邱宏涛、丁赟这样的爱情故事，就可能是如今的作家在逻辑和想象两个方面都难以设计的。但是，这样或许在很多人看来完全不可能发生的爱情婚姻故事就确实地出现和存在着。因此，真实的社会生活，具有无穷的魅力，也具有战胜虚构与想象的力量。《雪莲花开》是一个美丽的爱情传奇，更是一个真实的充满圣洁魅力的现代人生故事。向真、向善、向美，是比童话更真实的当代至爱故事的书写。

钟法权是已经有过不少著作的作家。他在这个特异爱情故事的文学叙事过程中，依然用心和认真。作者将自己的讲述与邱宏涛、丁赟的来往信件内容，仔细梳理整合，然后在时间的线上交替推进，再加上高原军人特定生活的日常故事与丁赟事实上遭遇的困难情形，就很好地在时间、地点、环境和故事的相互联系过程中实现了自己的文学表达，很有秩序，也很流畅和具有起伏节奏。在日渐浮躁的社会生活环境下，这样的内容和文学表达，一定会因为其个性的内容和文学的传递而触动读者的心弦，给人以强烈的阅读震撼，产生积极回应的声音。

2016 年 2 月 5 日于北京

目 录
CONTENTS

001 ／ 序 幕

003 ／ 第一章

013 ／ 第二章

017 ／ 第三章

030 ／ 第四章

035 ／ 第五章

046 ／ 第六章

049 ／ 第七章

054 ／ 第八章

058 ／ 第九章

064 ／ 第十章

067 ／ 第十一章

078 ／ 第十二章

082 ／ 第十三章

089 ／ 第十四章

094 ／ 第十五章

101 ／ 第十六章

104 ／ 第十七章

117 ／ 第十八章

121 ／ 第十九章

136 ／ 第二十章

140 ／ 第二十一章

149 ／ 第二十二章

158 ／ 第二十三章

169 ／ 第二十四章

179 ／ 第二十五章

184 ／ 第二十六章

194 ／ 第二十七章

206 ／ 第二十八章

215 ／ 第二十九章

223 ／ 第三十章

229 ／ 安多之夜（后记）

序　幕

雪莲花开了

开在高山之巅

我却看不见

却能想起来

想起来一样的美

——仓央嘉措

唐古拉山是雄壮的，它以五千二百米的最高海拔耸立于"天路"的屋脊之上。无论是谁，来到它的脚下，都会俯首称它为巨人；蓝天被它顶着，那一片片一簇簇洁白的云朵，像一个个妩媚深情的少女环绕着它，可它却不为所动，它知道那不是女人，是来去无影的云朵。一个没有女人的地方，山是寂寞的，有时甚至是脆弱的。

生活就是如此，山越高越荒漠的地方，越是没有女人，只有戍边的男人。

一生都在写青藏线的著名作家王宗仁在他的长篇散文《藏地兵书》一书中说：四十年前，慕生忠将军的那句话不仅震醒了格尔木，也撼动了包括唐古拉山在内的中国西部高原，那就是："青藏线上离开女人，是拴不住男人的！"作者在文中说，这句本不该他这个身份的人说的话，蕴含的人生体悟无疑更深了。他是站在一面山坡上讲这话的，本来山坡比他高得多，此刻却被他踩在了脚下。

在《藏地兵书》中，作者讲了很多过往高原男人和女人的故事，在这里作者要讲的是新时代坚守高原军人与他恋人的故事。

他叫邱宏涛，陕西汉中南郑人，在唐古拉输油泵站服役，四级士官；她叫丁赟，浙江湖州人。邱宏涛在他十九岁的时候，与上高中即将毕业的丁赟相识，从而开始了一场依靠书信鸿雁传情、翻越昆仑山的罗曼史。

第一章

　　要想把这个旷世爱情讲得明明白白，最好的办法是按时间顺序娓娓道来。邱宏涛与丁赟相互通信的那年，邱宏涛还是刚刚分到唐古拉输油泵站不长时间的新兵蛋子，刚刚拉开他在唐古拉山服役的人生序幕；丁赟是一个高中即将毕业的花季少女，一个沉浸在父母规划的无忧人生梦里的准大学生。一个在荒无人烟的唐古拉山，一个在四季如春的江南水乡；一个家住秦岭深山偏僻的乡村，一个家住浙江湖州繁华的都市；一个是守边执勤的高原战士，一个是坐在窗明几净的教室里奋笔疾书的婀娜少女。他们这两个相隔千山万水、素昧平生的年轻人，依靠一纸书信穿越时空，竟然成就爱情的神话，给人以万里姻缘一线牵的无限感慨。

　　说起邱宏涛到唐古拉山当兵，还必须再从源头追述。

一九九八年十月，邱宏涛从陕西汉中南郑黄家寨下的木坪村应征入伍，他怀着报国守边、"不教胡马度阴山"的理想，来到了青藏兵站部敦煌某新兵教导大队。

在新兵连，邱宏涛不怕吃苦一学就会的机灵劲头，让新兵班长十分喜欢。新兵班长是山东人，也许是因为看好邱宏涛有理想有追求的缘故，在邱宏涛面前也就放下了新兵班长严肃的面孔，一来二去，一个新兵与一个老兵就多了些深入的交流，闲聊之余，新兵班长无意之中给邱宏涛讲了很多关于唐古拉山的故事，让他一下子对四季飘雪的雪山、雪原上时常出没的棕熊、雪夜里敲门的狐狸、结队炫耀的狼群以及奔流咆哮的沱沱河产生了无限的憧憬。邱宏涛从小到大就一直对边塞古诗词特别钟爱，诸如："金戈铁马，大漠孤烟，边关冷月。"又诸如："功名只向马上取，真是英雄一丈夫"的诗句是牢记在心。久而久之，充满豪情的古诗词，像母鸡孵化小鸡一般，孕育了他驰骋疆场的梦想。他渴望长大后，自己能够像李广那样"但使龙城飞将在，不教胡马度阴山"。也许是受诗词的鼓舞，也许是受家乡汉中点将台上韩信等历史名人的熏陶，他立志报国戍边。参军入伍前，武装部的人告诉他，今年你们这批新兵将到青藏兵站部服役，那里环境艰苦，气候恶劣，一般人都难以长期坚持，问他怕不怕。他看了看周围的新兵，豪迈地一拍胸脯说："温室里长不出大树，艰苦才锻炼人。"就这样他义无反顾地踏上了西去的列车。

在新兵连邱宏涛表现出色，很受班长的喜欢，班长有意地给他介绍了青藏兵站部部队的地域分布、部队的结构、履行的任务等情况，邱宏涛也就对分布在昆仑山、唐古拉山的兵站有了初步了解，尤其是对昆仑山、唐古拉山的高度、一年四季多变的气候、常年缺氧对人的身体所产生的危害隐隐约约也有了一知半解的了解。艰苦难熬的新兵生活，对邱宏涛来说可谓是凤凰涅槃。他基本实现了由老百姓向军人转变的艰难历程，实现了一个乳臭未干的高中生向合格战士的华丽转身，军人所具备的远大理想得以树立，军人所具备的坚强意志得以磨砺，做兵站部军人"特别能吃苦、特别能战斗、特别能忍耐"的顽强作风得以建立，这一切的过硬素质为他日后在高原漫长的军旅人生打下了坚实的基础。他在后来给丁赟的信中是这样介绍新兵生活的：

在新兵连，我分在一连四班，班长是一个很不错的山东大哥，他带兵很有原则，平时训练对我们要求很严，可以说是新兵连最厉害的人物。可他在训练之外，竟和我一起谈天说地，没有了那张人见人怕的面孔。说起来，新兵连是很苦的。比如说训练正步时，可谓"金鸡独立"，一只脚保持身体平衡，另一只脚离地面二十五厘米，脚尖要直，身体要平衡，保持这种姿势虽然很难，但我们要站一个多小时，可想而知等训练结束，简直没法走路。就为这我流过一次泪，但与同班战友相比，我流的泪最少。希望你不会认为这是脆弱的象征，我们把这种"流泪"当作一个男子汉、一个军人成长成熟的过程。今年我们军训由规定的三个月改为六个月，六个月的训练使我们变得更坚强，所以说流过的泪、吃过的苦，现在看来很值得，因为军人就要挑战人生的极限。

正是因为有理想、有意志、有体格的准备，新兵下连时，邱宏涛怀着报效祖国的强烈愿望以及对唐古拉山的好奇，写下了自愿申请到最艰苦的地方为祖国人民站岗放哨的决心书。他的举动，让新兵团的领导对这个表现优秀、五官英俊、身材挺拔、闪烁一双大眼睛的机灵新兵更加刮目相看。他的愿望受到了组织的肯定和褒奖，他如愿以偿地被分配到了唐古拉山输油泵站。

唐古拉山输油泵站地处唐古拉山主峰之上，高寒缺氧，人迹罕至，是羌塘草原"无人区"最尽头的门户。邱宏涛虽然对高原缺氧早有心理准备，但现实的恶劣气候、严重的低压缺氧，还是让邱宏涛心生畏惧。上山头两天，也许是对特殊环境的兴奋，也许是身体对气候反应的迟缓，进站之初，他并没有像其他战友那样反应强烈，感受到缺氧的痛苦。可是，好景不长，一个星期后，缺氧的感觉才一天天明显起来。夜里睡觉时胸口像压着一块磨石，让他喘不过气来；走路脚下发飘，人仿佛走在厚厚的海绵地上，严重时还有腾云驾雾的感觉。与他一同分到山上的新兵有一半病倒了，呕吐、头疼、发冷、吃不下饭、睡不着觉，这些高原反应是他们刚到唐古拉山的新兵共同的生理表现，也是必须过的一道关口。有一个战友实在承受不了缺氧之痛，闹着要下山，说不能把自己年纪轻轻的生命搭在唐古拉山。

现实生活总是与理想有着很大的距离。是生活与自己开了玩笑，还是理想与现实本身存在差距，邱宏涛一时找不到答案。

面对恶劣天气环境，邱宏涛在内心里对自己的举动也产生过怀疑和动摇，他甚至对自己理想驱动下的莽撞有过悔恨。如果不是一时冲动，凭他高中文化的优势，凭他在新兵连的出色表现，凭他讨人喜欢的长相，他完全可以像其他战友那样被挑到兵站部机关和驻西宁、格尔木的师团一级机关当一名公务员。木已成舟的现实，让他一度难以释怀，他闷闷不乐的愁容，引起了老班长的注意。一天晚饭过后，老班长将他带到营房门前的公路上散步，落日余晖映照下的高原，就像铺了一层金黄色的地毯，天穹下的雪山更加的洁白耀眼，那一缕缕白云就像千条万条的金丝彩带，他一时出神地望着眼前起伏的山峦，望着又黑又大又笨的乌鸦，望着大雪过后茫茫无边的雪原，望着脚下平坦、蜿蜒向着拉萨伸去的公路。如此壮美神奇的景色勾起了他心中封存已久的丝丝甜蜜而又忧愁的情感，一种久违的欣慰形成的巨大冲动挤压着他的胸膛，他的思绪就像头顶上的云朵在慢慢飘动；这些思绪的轮廓是那样的忽闪忽现，一会儿是家乡黄家寨石砌土夯的城墙，一会儿是翻着浪花奔涌流向前的汉江水，一会儿是韩信大将军的点将台，一会儿是父母十里相送的殷切期望。他不由回忆起自己的童年，在汉中读书的快乐时光，回忆起高考落榜失眠对前途失望一人孤独坐在汉江边上的那个雾气茫茫的夜晚，回忆起参军入伍同学相送饮酒时的豪情誓言，他的眉心一下子舒展开来，仿佛满天乌云被狂风卷走。

　　经验老到、一直没有说话的老班长，见邱宏涛脸上露出笑容，便见缝插针地对他说，唐古拉山其实也是好地方，它的景色在祖国的大美河山中是独一无二的，它虽然苍凉，但它巍峨辽阔，你只有发现了它的美，又有欣赏这种高原美的素养，你才会毫不犹豫深深地爱上这片神奇的土地和浩瀚的天空；唐古拉山的恶劣环境也是独一无二的，它高寒缺氧，方圆上百里荒无人烟，你们当新兵的初来乍到，有高原反应很正常，不少人因为身体和心理原因，在恶劣的环境面前低了头，打了人生败仗，可当你以坚强意志战胜了它，努力适应了它，你就会在今后的人生中走得更顺更好。老班长语重心长的一席话，让他醍醐灌顶。望着落日余晖下的壮美雪山，邱宏涛像喝醉了酒一般深情地对老班长说，我就是为了这片神圣的土地而来，我会始终不渝地爱着这里，你放心吧，我会尽快地适应这里。

因为邱宏涛爱唐古拉山，他也就有了战胜一切困难的动力。他咬紧牙关，以最短的时间适应了高原对身体造成的不良反应。他的工作虽说不是每天拿枪站岗放哨，但工作任务同样不亚于站岗执勤，甚至比站岗还要重要得多。正是因为有他们输油泵站，才建立起了内地联系西藏的大动脉，西藏人民群众所用的煤油、柴油和汽油才能得到有效保障，驻藏部队军事训练和国防建设才得以稳固发展。

邱宏涛高中毕业，人不仅聪明机灵，而且厚道老实，为人谦虚，干活卖力，很让老班长喜欢。如此一来，老班长也就毫不保留地把自己的绝活传授给他，诸如依靠耳朵听音，辨别发动机运行情况，发动机出现故障究竟是坏在哪个部位，如何拆开发动机进行修理维护，当然也包括如何安装。邱宏涛分到输油泵站时，传输油料的发动机还是上海生产的老式柴油机，运行的时候不仅噪声大，而且常常因故障停机。为保障输油任务完成，在紧张的输送油料的日子里，他跟着班长常常是不分昼夜地坚守在输油泵房里，只要机器发生故障，他们就马上展开抢修，哪怕是半夜三更出现了故障，他们也会以最快的速度将发动机抢修好。那个时候，邱宏涛与同年入伍的新兵相比，他表现得更不怕累、不怕脏、不怕那轰鸣的噪声。在学习技术上，他更有灵性，常常是一点就通，一学就会，再加上人又勤快，老班长更是对他喜爱有加。

在唐古拉山，最好的季节不是春天，春天在唐古拉山不仅来得晚，而且还像兔子尾巴一样十分的短暂。在稍纵即逝的春天里，唐古拉山依然寒冷，依然有冰雪的交替。唯有夏天才是唐古拉山一年四季最好的季节，在这个季节里冰雪消融，万物快速复苏。在这个美好的季节里，那些不惧高原反应的老兵家属，会怀着急迫的心情千里迢迢来到唐古拉山，一睹唐古拉山的真面目。

就在那一年的夏天，老班长的妻子带着儿子从老家来到了唐古拉山探亲。人长得既机灵又勤快的邱宏涛给老班长妻子留下了良好的印象。在一次聊天中，老班长的妻子对邱宏涛说："小邱，你人长得英俊，又有文化，还好学上进，我认识一个小姑娘，不仅人长得水灵好看，而且特别善良，学习也好，从小到大特别崇拜军人，不妨我把那姑娘的姓名和联系地址给你，你们先通信交朋友，这样一来免除了你在唐古拉无人区的寂寞之苦，二来你也通过与她交往了解了山外面的信息，还可以增长知识。"

邱宏涛听后心脏加速跳动，那张被高原紫外线晒得像红苹果一样的脸越发地红了，结结巴巴地说："在高原上当兵，一封信过去，别把人家姑娘吓着了。"

老班长的妻子不容分说，从桌子上撕下一张过时的台历一边写一边说："我也是女人，高原也没把我吓着，我这次是第三次上唐古拉山，你就放心吧。"

邱宏涛第一次被动地从老班长妻子手中接过了那张写有丁赟名字的通信纸条，他下意识地将那张纸条紧紧地攥在手心里，就像担心高原风大一不小心被风刮走了一般；回到宿舍，手心里满是汗水，那张纸条像是被雪水浸泡过了一般。

　　这天的晚上，对邱宏涛来说，注定是不眠之夜。当然，他的失眠不是因为高原缺氧而无法入睡，而是因为那张纸条上叫丁赟的姑娘。唐古拉山的月亮又大又圆，像一个大灯笼挂在窗前，屋子里被明亮的月光照得如同白昼。同寝室的战友，有的打着响亮的鼾声，有的正说着甜蜜的梦话，有的脸上盛开出灿烂的笑容，有的则因缺氧而眉宇紧锁，只有他心潮澎湃怎么也无法入眠，即使是采取惯用的方法数数也是枉费心机，他脑海里全部被要不要给女孩写信，如何写信，写些什么内容，写了人家不回信怎么办，回信了又怎么办等一连串的问题充满了，让青春勃发的邱宏涛激动兴奋得辗转反侧，一夜失眠也就在情理之中。邱宏涛并没有因失眠而烦恼，他第一次如此有滋有味地在失眠中感受到了人生向往的乐趣。

　　经过一番深思熟虑，邱宏涛开始动笔给远方的那个叫丁赟的女孩子写第一封信。他想好了，不写唐古拉山的高寒缺氧，如何艰苦；也不写高原单调枯燥的军营生活，他笔下写的是窗外远方一年四季不化的绵延雪山，雪山的巍峨，以及雪莲花盛开的传说；写唐古拉山上的蓝天和白云，走在地上，白云就在头顶，坐在屋里白云就在窗前；写营房之外的长江源头沱沱河和唐古拉河，在夏天冰雪融化后，碧波荡漾，涛声似鼓琴相伴；写门前那条纯净清甜的河水，吸引来了在雪山里棕熊、狐狸和狼，它们在河边狂饮解渴，在河滩尽情嬉戏。雄壮的唐古拉山，在他眼里和笔下，成了名副其实美不胜收的风景画。

当然，邱宏涛还是以军人爽直的性格，直来直去地在信中写道：我希望能交下你这个朋友，希望用友谊的芬芳来陪伴我高原孤独的生活……

远方的丁赟纯洁宛如生长在唐古拉山的雪莲，洁白得近乎透明。在她那花季少女的心中，始终对戍边军人、对边关冷月、对圣洁的雪山充满了好奇与憧憬。她做梦也没想到自己会收到一封来自守在唐古拉山上的战士的来信，当然，她更没想到的就是这封信会改变自己的人生轨迹。她怀着少女的好奇，竟然激动得双手发抖，拿在手中轻如鸿毛的信封却因为写有唐古拉山几个字，让她感到分外沉重；当她用剪刀剪开信封时，信封里仿佛吹出了一股股唐古拉山沁人心脾的凉风；当她读完那不长的文字，一幅由雪山、棕熊、狼和狐狸组成的图画，仿佛让她看到了美到极致的自然世界。当初收到信时，原打算看完了就扔掉，可当她看完信后，却情不自禁地拿起笔，给那个她并不认识的邱宏涛写了回信，她以江南女子的柔情，对唐古拉山的雄伟给予了深情的赞美，对邱宏涛坚守在唐古拉山给予了热情的赞扬。

从此，邱宏涛就多了一分牵挂、一分期待。过去他从不看桌上的台历，因为日子照样像沱沱河水经日不息地流淌，自从给丁赟写的第一封信发出后，他就有了在台历上做标记的习惯。每次给丁赟发出信和收到丁赟的信后，他都会在当天的台历的日期上画一个圈圈，那个圈圈中的日子就成为他心中寄托期盼的钟点。他每天早晨起来，做的第一件事就是将台历翻到新的一页，每翻一张就代表着信在路上走了一天。日子一天天无声无息地流淌，每当夜深人静的时候，邱宏涛便开始揣摩丁赟在回信中写一些什么内容，他也会想如何给丁赟回信，这种揣测与腹稿，时常让他兴奋地笑出声来。第二天，同宿舍的战友就会问他，遇到了什么喜事，做梦都笑出声来。他只好搪塞说，梦做过了，也就忘了。闲暇的时候，他就会抱着台历数一天天逝去的日子，台历的右下角都被他数得卷起了毛边，而且留下了污黑的痕迹。这种污黑的痕迹是无法避免的，因为他每天与机器打交道，天长日久，那柴油、汽油和各种润滑油仿佛浸入了皮肤中，无论怎样用洗衣粉清洗，都无法将浸满油垢的手指清洗干净。直到收到丁赟的来信，他没想到一个高三的学生，一个女孩子，把字写得如此清秀，语言写得如此流畅，表达的是如此得体准确，那一行行文字就如家乡门前流淌的溪水，奔流有声，清澈见底。邱宏涛怀着激动的心情反复看过之后，再以澎湃的心给丁赟回信，然后在台历上做标记，再抱着台历计算哪天丁赟收到他的信，自己哪天能够收到丁赟的回信。

他乐此不疲，周而复始，信就成了他生命中不可缺少的一部分。

唐古拉山的苍凉巍峨与江南水乡的美丽姑娘组成的风景画似乎南辕北辙，但现实让冰与火、蛮荒与柔情同频共振、互为吸引。

第二章

　　唐古拉山的雄伟与博大，让邱宏涛很快从内心爱上了脚下这片广袤而又神奇的土地。为了增加写给丁赟信的厚重，他像学地质学那样怀揣极大的好奇心，去探寻脚下丰富的矿藏。

　　在青藏线上，他的老班长是出了名的故事篓子，每到茶余饭后，在看过新闻联播之后，邱宏涛则打开抽屉拿出专门款待老班长爱抽的好猫烟，同宿舍的小金就会提上热开水，一同到老班长的单身宿舍去听老班长摆龙门阵。老班长是四川人，在唐古拉山整整工作了十三年，寂寞的生活，使他爱上了喝茶、抽烟和聊天。他们两人都是老班长的徒弟，朝夕相处结下了深厚的情谊。小金进屋后，为老班长冲上一杯热茶，邱宏涛为老班长点上烟。随着老班长一口烟雾从鼻子里喷出，他才用他那四川话慢悠悠地摆起龙门阵来。

你们都不知道吧，我们唐古拉山虽高，海拔有五千多米；我们脚下的土地虽处于永冻层，一年四季都有可能飘雪，但就是这么一个地方，却有着让人想象不到的神奇，在西边那条山沟里竟然有一处温泉。

"妈呀！太神奇了，"新兵小金与邱宏涛同时发出惊叹和疑问，"是真的吗？"老班长没有急着回答，而是有意停下来，先喝了一口茶，然后才快意地说："那还有假？等天气好了，我带你们去泡一个温泉澡。"

邱宏涛心怀疑惑地问："太神了，我们为什么就从来没有听说过呢？"

老班长不屑一顾地说："你小新兵蛋子一个，上高原才几天，唐古拉山这么大，要想全面了解，早着呢？我这肚子里的故事你一辈子也听不完。"老班长说，有一年有两个汽车兵，在青藏线唐古拉山上抛了锚。那时车况太差，走在半路上抛锚的事时有发生。正驾驶员老王，副驾驶员小张，都是在青藏线上跑了好几年的老兵。于是两人赶紧下车修车，鼓捣了一阵车依然打不着，老王和小张也没了办法，只能等待救援。那晚天公不作美，风雪大得很，因发动机停止工作，驾驶室里也就冷得如冰窖一般。无奈之下，他们只好走出驾驶室，在轮胎的背风处找来一根圆木，用捆棉袄的腰带麻绳沾上油点燃放在圆木下。寒冬的夜晚，那圆木只冒青烟不出火焰。与其说坐以待毙不如主动出击，老王决定自找一条生路，希望碰上救命的"活菩萨"。老王很有经验地沿着一条山谷四处搜寻救命的生机。天虽然冷得出奇，老王还是怀着对生的期盼，希望自己运气好能碰到藏村、夜行人，或者微弱的灯火，那样他就算找到了救命船。

奇迹还真的出现了。在一个陡坡处，老王意外发现了一个洞，那洞在白雪皑皑的世界中是那样的显眼，而且还冒着热气。老王像是发现了新大陆，急不可待地钻了进去。洞内地盘不大，地上无雪，潮乎乎湿漉漉的，但关键是很暖和，就像一个洗澡堂。这让老王有了一种虎口脱险的感觉。老王待身子暖和了些，才想到还在风雪中的驾驶员小张。他赶忙原路返回，为的是叫小张也到洞里暖和暖和。小张听了觉得是天方夜谭，怀疑老王在风雪中遇到了仙或者鬼。老王好说歹说，小张才相信，决定到那个洞里去暖和一下身子。没过多长时间，小张喘着气又跑了回来，说洞里有奇异的响声，像是人在叫，又像是狼在嗥。老王听了也觉得稀奇，扔下拿在手中正扇风的破报纸，就往那山谷里走。老王再一次钻进洞里，并有意往洞里走了两步，一开始什么声音都听不到，只觉得更缺氧、更加心闷，过了好一会，一种叮咚的滴水声才传进他的耳膜。老王弯着腰又往里走了两步，声音更加清晰了，地上更加潮湿，温度也明显高了许多，老王用手一摸，还有点烫手。老王情不自禁地高声叫道："温泉……"

雪山温泉让四季不化的积雪层形成了一个天然雪洞，那温泉在高原之上，在冰层的深处，在雪山的肚子里。驾驶员老王毫不犹豫地脱掉大衣，跳进了那个让他温暖、幸福的世界里。

黎明来临了，雪山温泉让两个汽车兵躲过了人生一劫。他们迎着朝阳走到洞外，在温泉的不远处，他们意外地发现了一具尸体，那冻僵了的尸体裹着皮大衣、头戴栽绒帽、脚穿翻毛皮鞋，左手握着半拉窝窝头，右手握着一团纸，上面歪歪扭扭地写着：我是一个兵。

后来老王痛心地反复说，那个死去的战士只要再往前爬几步，就可以抵达温泉。

此时，房间里顿时寂静无声，唯有西北风的呼啸声像浪潮拍打着铝合金窗。新兵小金待老班长喝过水之后连连哀叹几声说："太惨了，那战士怎么会一个人到那个山谷里的呢？"

老班长看了一眼小金说："那个年代，不仅公路状况差，而且运输装备差，汽车半路抛锚是常有的事。汽车上都装着军用物资，一旦抛锚就必须有人看守。"

邱宏涛接过话说："那战士一定是冻得受不了，才去寻找生命的出口，只可惜离温泉只有几步之遥，却没能走到。"

老班长说："你可别小看那几步，看似举手之劳，看似近在咫尺，对于到了生命极限的人来说，却有万里之遥。"

邱宏涛对新兵小金："太神奇了，你想去看看那温泉吗？待雪停了，我们去看看高原上的温泉是什么样子。"

那一夜雪下得很大，西北风像发了疯一般要把房后的山脊削平，要把房子抬走。邱宏涛因为夜晚气温太低，而不停地咳嗽，有好几次在无意识的咳嗽中把自己咳醒了，每醒一次他都要花费很长时间才能入睡，脑子里一会儿是雪中温泉，一会儿是倒在温泉旁的战士，一会儿又是远在太湖边的丁赟。

第三章

唐古拉山，高寒、缺氧，一年四季没完没了地刮风，而且风就像长着刺。环境恶劣且不说，最让人无法忍受的是输油泵站建在无人区，白天兵看兵，晚上数星星，寂寞和无聊是每一个爱它又恨它的官兵发出的无奈的诅咒。可是自从邱宏涛收到丁赟的信后，一切都发生了改变，丁赟的赞美与认同，让他深深感到，老班长的话千真万确，没有一丝的夸大，唐古拉山的美既是苍凉的美，更是雄壮的美；既是纯洁无瑕的美，更是世界上独一无二的美。关于唐古拉山的讨论，随着与丁赟通信的深入交流，邱宏涛才发现自己以往对于唐古拉山的感知是多么的肤浅，对于唐古拉山的认识也都停留在表层，对于唐古拉山知识的掌握也是一鳞半爪、一知半解。他在给丁赟的信中这样写道：我既没有全面掌握唐古拉山的地理、人文、历史，更没有从自然的美学中去认识，也没有从原始的美学中去发现。

为了全面了解唐古拉山，邱宏涛通过军线电话找到一个同乡入伍分在西宁青藏兵站部的战友，让他在新华书店帮助购买关于唐古拉山的相关书籍。这个老乡很热心，不仅帮助他购买了一本《中国地理》，还给他购买了一本《青海志》，并给他买了著名作家王宗仁《季节河没有名字》一书，委托汽车团一个上线执勤的战友直接送到了他的手中。从以上几本书中，邱宏涛对唐古拉山有了更理性、更全面、更透彻的认识，他才真正知道，在世界屋脊青藏高原上，除喜马拉雅山之外的第二大山为唐古拉山，它横卧青藏高原中部，西接喀喇昆仑山，东南延伸接横断山脉怒山，北起小唐古拉山，南至西藏安多一带，南北宽一百六十公里。唐古拉山的主峰海拔 6000 米以上，最高峰格拉丹冬海拔 6621 米，是长江的发源地。在唐古拉山宽广的山幅之间，分布着众多的河流和湖盆坝子，水草丰美，是优良的天然牧场。

他还从书本中知道了唐古拉山名字的来历。唐古拉山，藏语"高山上的山"，又称"当拉山"，在蒙语中意为"雄鹰飞不过去的高山"。这些古老的名称，并非一味地夸张。在海拔 5231 米的唐古拉山口，氧气含量只有地平面的一半左右，来到这里，几乎所有的人都会面临缺氧的困扰。

如果说邱宏涛从《中国地理》和《青海志》一书中了解的是地理、地貌和人文，那么他从老班长所讲的故事和一本《季节河没有名字》的书中读到的是人性的温度、人性的体恤，读到的是青藏官兵几十年艰苦奋斗、流血牺牲的奉献精神，那珍珠一般的文字成为他生命缺氧时的精神补给，更是他给丁赟一封封书信的知识补给。

高原的一切对丁赟而言都是新奇的，她在给邱宏涛的信中，会以极大的好奇心，问一些她不明白的事情，其中一封信中她就问高原的雪莲长得什么样子。邱宏涛根据自己亲眼所见和书本知识，专门在一封信中介绍了雪莲：

在"世界屋脊"唐古拉山的悬崖峭壁、千峰万壑之处，举目可见雪地上盛开的雪莲花。当然，雪莲花并非生于雪地的莲花。书上说，它与莲花并无亲缘，而是菊花的远房兄弟，属于菊科，风毛菊属的一种多年生草本植物。

常常有人问，雪莲花既然是草本植物，为什么不畏寒冷，能盛开在雪山上呢？这就是雪莲的不平凡之处，就如梅花只有在寒冬腊月开放才香气扑鼻一样。

雪莲花落户在高山之巅、冰川雪线之上，扎根于岩石缝隙、冰碛物、砾石或风化石之中。它不畏强烈的紫外线、暴虐的风雪、寒冷的低温、贫瘠的土壤。在一般植物无法生存的环境里，它傲然挺立，悠然自得沐浴着阳光，眷恋着雪山的土壤……

你知道这是为什么吗？

雪莲长期在高山恶劣的环境中，形成了与众不同的体态和独特的生活方式。它们有强劲的根系穿行于砾石之间，可以吸收到养分和水分，抵抗着疾风的吹袭。雪莲有30多种，如天山雪莲，它是雪莲中最为艳丽的一种，故称之为"雪荷花"，多生长在天山海拔三千米至三千五百米冰线处，背坡居多，阳坡则少。据《本草纲目拾遗》中记载"雪莲产于伊犁西北及金川等大寒之处，积雪春夏不散，雪中无草。雪荷花独茎，亭亭雪间可爱"。这种雪莲茎高四十多厘米，茎粗壮，叶色绿中带紫，在茎端开棕紫色的小花，躲藏在黄色或紫色膜质透明的苞片里，状似莲花瓣，故有"雪莲"之称。这苞片如同少女头上的轻纱，既能减少紫外线对它的损伤，又增加了"容颜"之美。它迎着山风，好似彩蝶翩翩起舞。

另一类雪莲，全株披有白色长绒毛，像似轻裘披在身上，仿佛是只蹲着的小白兔。有植物分类学家就将这类雪莲叫"白兔子"。雪莲能在气温高寒的雪山上，从七月一直盛开到初秋时节，是因为它全株长有白色绒毛，既能防寒，又能保温，还能反射过强的辐射光线。

雪莲不畏寒冷，盛开在雪线上，它不仅成了雪山上的一大奇景，它还含有挥发油，植物碱及酚类等物质，具有药用价值。最早可见于公元七世纪的藏族医典中，它有除湿祛风、调经活血的功能。

雪莲是高贵的，雪莲是美丽的，雪莲是严寒中盛开的花朵。通过交往，丁赟，你就有雪莲的品格，雪莲的气质，雪莲一样美丽的外表和心灵。

一切关于唐古拉山的地理知识和人文知识的丰富，使邱宏涛写给丁赟的信不再寡淡无味，唐古拉山增加了他写给丁赟信的厚重。

这一年九月，在唐古拉雪莲花盛开的时候，丁赟走进了浙江经贸职业技术学院。

丁赟在信中传递给邱宏涛的是充满朝气活力、多姿多彩的大学生活；邱宏涛在信中传递给丁赟的则是独特的唐古拉山的地理风景、人文历史以及自己对唐古拉山的热爱和理想的坚守。

通过书本的学习，邱宏涛结合现实感受，在一封封信中他会把自己通过书本学到的唐古拉山相关知识介绍给丁赟。其中有一封信这样写道：唐古拉之巅的积雪终年不化，奇峰冷峻，气候酷寒，最冷时可达零下三十多摄氏度，甚至零下四十摄氏度。狂吼的暴风雪在唐古拉山是家常便饭，老兵们说六月飞雪也很常见，冬季常常大雪封山，山就变成了孤岛。从古到今的一句民谣很形象，唐古拉山一年只刮一次风，从大年初一刮到大年三十。氧气奇缺，身临山中的人因为缺氧常常气喘吁吁，随之而来的是剧烈头疼，眼花目眩。

邱宏涛在给丁赟信中还介绍了修通"天路"的慕生忠将军的一系列故事。他在信中说，唐古拉山是青海与西藏的分界线，也是阻隔西藏与内地的一道难以逾越的屏障。20世纪30年代中期，盘踞青海的马步芳曾派了两个团的军队，打算打进西藏、侵扰藏民，可是行至唐古拉山，因为冰雪封道，寒气袭击，冻饿交加，不能前行，全军覆没于雪山下。新中国成立后，慕生忠将军带领部队和民工，将公路从格尔木修到了昆仑山上，还将公路修到了唐古拉山，硬是从它的胸膛剪开一道缝，让公路越过唐古拉山，跨过安多、黑河、当雄，一直延伸到西藏的圣地——拉萨。慕生忠将军坐着他那辆小汽车，在布达拉宫的广场前，转了好几圈，英雄气概何等了得。

在头几年里，邱宏涛给丁赟写信的内容，除了少量介绍官兵的日常生活，更多是在介绍唐古拉山的过去和现在。当然，受丁赟的影响，他也时不时谈一谈自己的理想和未来，即使是谈理想和未来，也是建立在唐古拉山的基础之上，脚踏实地从不空谈。在最初的几年里，邱宏涛满脑子里塞满了唐古拉山的传说，这些传说和英雄人物又进入了他的头脑，伴随着理解的深入，他的血液深深地与长眠在唐古拉山的英雄融为一体，日久天长慢慢地渗透到了他的灵魂中，他决心把军人对党的忠诚转化为实际行动，让坚定不移的信念在唐古拉山闪耀出耀眼的光芒。

对于唐古拉山的理解，丁赟因邱宏涛在信中谈得多了，也在一天天接近唐古拉山，纵然在万里之外，可她与邱宏涛一样怀着对唐古拉山无比的崇敬和热爱。丁赟在一封给邱宏涛的回信中有这样一段话可以窥见她对唐古拉山的向往，她在信中这样写道：

> 李之仪在《卜算子》里说，"我住长江头，君住长江尾。日日思君不见君，共饮长江水。此水几时休？此恨何时已？只愿君心似我心，定不负相思意。"宏涛，这好像在写我们，特别是前面那句，长江的发源地就在你们唐古拉山，你在信上说叫格拉丹东，还好像与沱沱河相关，太神奇了……

丁赟对唐古拉山的好奇与热爱，让坚守在唐古拉山的邱宏涛时常庆幸自己找到了与自己一样热爱赞美唐古拉山的知音，从而使他对唐古拉山有了别人无法理解的热爱，工作起来也就有了无穷力量，在他的生命的意识之中，他也就把爱唐古拉山作为爱远方姑娘一样去爱唐古拉山的一切。

一个高原战士，一个在校读书的大学生，两个富有追求的年青人成了笔友，虽然素不相识，但他们凭借共同的理想，交流独特的高原生活，交流多姿多彩的校园生活，谈人生理想和未来追求。这种不曾见面的笔友，因为理想的趋同，爱好的相近，使他们成了知心朋友。在信中，互相关心是必不可少的，相互鼓励也是必不可少的，相互化解人生的困惑更是必不可少的。邱宏涛在一封给丁赟的信中这样写道：

赟芸：

你好！

昨日收到你的来信，高兴的心情无法用语言表达，只有在祝福你的同时，说声"谢谢"！有了你这位朋友，以后的日子不再寂寞，用你的话就是"相识恨晚"。

祝贺你在作文比赛中获得一等奖，我替你高兴。另外我也有一个好消息，今年我被评为优秀士兵，要知道这可是我们十几个新兵里唯一的荣誉。说实话，我真的应该谢谢你，在我孤独寂寞的时候，是因为你以一份珍贵的友谊出现，枯燥的生活从此离我而去。你给我送来的不仅是朋友的真诚，还有幸运的花环，心烦的时候，我拿出你的信，仔细品味，心情会顿时清爽起来，就如暴雨过后的天空，湛蓝无比。丁赟这个名字我会记在心间，虽然我战斗的地方，高山严寒，远离人群，但我并不孤单，因为我从此拥有了你这样一个理解军人、理解我的知心朋友。对此，我的心始终充满激情，雪域高原不再可怕，寂寞的日子也同样不再可怕……

想念你的朋友：涛

二〇〇〇年元月九日

丁赟，又叫丁赟芸，小时候上户口时，户籍人员一时疏忽，将"芸"字漏写，故上学后，大名为丁赟，小名为赟芸。信是友谊的使者，信成为他们跨越万水千山沟通心灵的真正天使。一封信从唐古拉山到美丽西湖，至少需要十五天的路程，要是到了漫长的冬季，碰上大雪封山，信就得在格尔木睡上几天甚至是一周的大觉，路好走了，才由送给养的车辆送到沿线的各个部队。邱宏涛在与丁赟通信谈到天气的时候他说：

　　唐古拉山天气寒冷，夜里零下几十摄氏度，你那里下过雪吗？我们这儿可是经常下雪。你见过六月下雪吗？记得我刚从格尔木上到唐古拉山第三天，唐古拉山就下了几次雪。雪是唐古拉山的风景，唐古拉山因为有雪才美丽，可我并不喜欢下雪，因为雪一旦下大了，送给养的汽车就上不了高原，那样我就会收不到你的来信，因为我们的信也一同由他们专送，所以我是不喜欢下雪的……

在那样特殊气候的日子里，邱宏涛常常在一个星期或者两个星期，收不到丁赟的来信。可有时在某一天，他能够同时收到丁赟几封甚至是十几封来信。丁赟的信就是他满足精神世界的甘霖。收到信后，他会一边如饥似渴地读，一边激情澎湃地一封一封地回信。邱宏涛在给丁赟的信中这样写道：

赟芸：

　　你好！

　　每次收到你的信，都是特别的高兴。虽然又是一个下雪的星期天，然而此刻的心情却热血沸腾不会冰封，寒冷的冬季你也要保重身体！

　　你的信我元月九号才收到，能不能答应我一个要求，以后每周给我写一封信，要是太忙的话，至少两周写一封信。这个要求是不是有点高、有点不讲理。因为我这里最大的烦恼就是寂寞，可我又不是个内向的人……

　　本来打算今年春节回家休假的，但现在看来，实在走不了。部队过春节真的孤独，新兵营在敦煌时还可以出去看看灯，打打电话，现在守在唐古拉山，方圆几百里荒无人烟，什么都没有。站里人又少，我想春节的活动也没有多吸引人，最多就是唱歌、看电视，我真担心到时候不知怎么过，想家，想朋友，那时，我只有一个人单独面对。唉！

　　……致礼！

想念你的朋友：涛

二〇〇〇年元月十日

窗外飘着雪花，雪花在空中缓慢下落，辽阔的高原早就成了白茫茫的世界。谁说雪落无声，坐在窗前的邱宏涛在微弱的雪声中，一边看着丁赟的来信，一边写着回信，情从心生，字从心出，那写在纸上的语言也就分外的丰富。在下雪的日子里，除了看窗外的雪花，邱宏涛只要没事就忙于给丁赟回信，他要把自己拉长的思念写在纸上，把满腔的激情化为字字珠玑。当窗外的雪花堆积一尺多高的时候，邱宏涛靠墙码着的信也就有了厚厚一摞。

高原就是雪多、雪大，望着漫天大雪，邱宏涛在给丁赟的信中这样写道：

> 我给你写的三封信收到了吗？为何盼不到你的回信，我想也许你已经回信了，只是大雪封山没有车带上来罢了，放心，我仍会继续等待，虽然这种漫长的方式令人有些不安，但我已经习惯了等待后的激动……

雪停了，几天之后，青藏线的公路上又有了长途奔驰的汽车。这时送给养的车也上了山，他在收获丁赟的一封封来信时，也将堆积在书桌上的一封封书信交给运送给养的司机带回格尔木发走。一封封写着各自心声的回信，随着邮车，越过千山万水，将两颗年轻人的心紧紧串到了一起。

就这样日复一日，两颗年轻的心越走越近，渐渐地丁赟丰富多彩的校园生活与邱宏涛独特的高原军人生活，形成了他们生命中的互补。

从此以后，邱宏涛再也没有感到高原生活单调枯燥，原因是他拥有了丁赟给他的一封封来信，那种"白天兵看兵，晚上数星星"的寂寞生活彻底不复存在。春天，当高原还处于寒冬时，他从她的来信中感受到了春暖鸭先知、百花争艳的江南水乡；夏天，唐古拉山的沱沱河刚刚解冻，他从她的来信中看到了长江的波浪滚滚，闻到了长江两岸稻花的芬芳；秋天，唐古拉山雪花纷飞，他从她的信中看到的是稻香果熟，一派丰收景象；冬天，唐古拉山白雪皑皑、了无人烟，他从她的信中看到的是人头攒动的街市。当然丁赟给邱宏涛讲的更多的是火热的校园生活，什么歌咏会、读书会、诗歌朗诵会、运动会等，这一切使邱宏涛从中获得了极大的快乐和精神营养，他的高原生活也因此而大放光彩。

丁赟不愧是江南才女，每一封信都写得体贴入微，写得文采飞扬，写得丝丝入扣，写得激情澎湃，有时那缓缓的语言，平静得就像一条小溪，激荡之时又像川流不息的河谷，激励的话语也极见其文学功底，再加上她字写得好，信也就美到了极致。她在给邱宏涛的一封信中有一段话这样写道：

> 你心中对我的思念也一定不逊于我，万里之外的高原早已是"水寒伤马腿，大雪满弓刀"了。冬季是严酷的，但是白雪皑皑的山顶藏着我们最初和最终的浪漫和誓言，骄傲如我们，雪山佐证我们的忠贞！蓝天见证我们的约定！刺骨的寒风、凄冷的霏雨，我看见的是你的坚强……

如此美妙的语言，读起来就像一首诗，看起来就像一幅画；如此充满激励的语言，就如吹在邱宏涛心坎上的冲锋号，让他激情满怀。自然邱宏涛的脸上每天都挂着笑容，那美滋滋的神情，就如雨后的彩霞，就如大雪过后的日出，就如黑夜之中狂风过后的皎月。正如邱宏涛在信中说的那样：

> 终于等到了你的来信，一切都那么令人高兴。这些天我过得很不好，说不出的难受，最烦的时候，最想收到你的来信。芸，既然你不后悔与一个普通士兵做朋友，做好朋友，那么我为什么要后悔，能在大千世界与你相识、相知，是我这两年来最大的收获。是你，是你的出现，让我的生活不再有寂寞、孤独；是你，可以让我说出心里话，有了知心人；也是你，让我如此的思念牵挂着，军营枯燥的日子从此多了一抹靓色。你可知道，在训练之余，在闲暇之时，我唯一最想做的是什么？那就是盼望收到你的信和给你回信。

同样，对丁赟来说，盼信、读信、品信、回信成了她生活中不可缺少的要件，有时甚至与空气和水一样重要。她从他的信中看到了唐古拉山的壮美，了解了唐古拉山的神奇，懂得了坚守唐古拉山的军人职责、使命与奉献的不易，也看到了高原战士的平凡生活。邱宏涛在一封信中是这样介绍高原泵站春节生活的，他说：

春节前十几天，主要做了两件事，一是看似很平常的战备值班，值勤时全副武装，值勤的山路就是我们的输油管线，山上虽然白雪皑皑，但它挡不住我们的脚步，每次值勤巡线要走十几个小时，有时值勤中途，突然遇到下雪，我们照样顶着风雪，人虽然很累，但那是职责所系。第二件事就是利用时间装点"年"的氛围，贴对联，挂灯笼，整理房间卫生，虽然很琐碎，但却很开心。快过年的前两天，战友们都忙着准备年夜饭，包饺子是我们每年必不可少的一件事，是最大的乐趣，也是最麻烦的，和面、剁馅、擀面皮，包出的饺子也就奇形怪状、大大小小。饺子包得好不好看不重要，关键是饺子下锅后，经不起"考验"，下锅就破，因为水不够开，最后煮成了面疙瘩……

邱宏涛则常常一个人把自己关在屋子里，拿出丁赟的信，一字字一句句品读，感受那纯真的友情。他看着信，丁赟那诗一样的文字，有时就会变成美丽的丁赟，那清溪一般的大眼，那柳叶眉，那樱桃小口，就出现在信纸上。窗外又飘起了雪花，风打着滚发出凄厉地尖叫，狼的嗥叫声从远处传来，白茫茫的世界里，他望着纸上的美人发呆。

第四章

　　雪终于停了，风还在使劲地号叫。太阳被云朵裹着，像一个藏在门后害羞的姑娘。这天是个星期天，忙碌了一个星期的士兵们都沉浸在美梦之中，与邱宏涛同住一个房间的新兵小金却按点起了床。其实，他很想在被窝里多躺一会，只因为他们早就说好了，只要星期天天晴，两人就到营房西面的沟谷里去寻找温泉。起床洗漱完毕后，他们就开始着手准备，其实，他们在昨天睡觉前，把该准备的东西都准备好了。军用挎包里，他们装了手电筒、背包带、火柴和打火机等。在出发前，他们很仔细地又检查了一遍，然后才到食堂吃早饭。

　　食堂与宿舍由一条内走廊相连，如此设计就是为了解决漫长冬天到食堂吃饭的寒冷的问题。两个人走进食堂时，三张桌子只坐了一桌的人，一桌人还不满，除了几个新兵，就是队长、教导员和两个班长。因为是星期天，时间一到食堂就按时开饭不等人，早来的早吃，晚来的晚吃。早餐主食是面条和馒头，一盘榨菜、一盘油炸花生米。邱宏涛与小金一人吃了两碗半生不熟的面条和一个馒头，就回到宿舍准备出发。

他们穿上了皮大衣，戴上了栽绒帽，穿上了翻毛皮鞋，背上挎包正准备出门，却碰到了老班长，老班长笑着问："你们真去啊！小心碰着狼，把铁锹带上，一来防身，二来好探路，别跌进山谷里。"

于是邱宏涛与小金从二楼下到一楼，在楼梯下的杂物间里，他们一人拿了一把铁锹。

早晨的风寒冷得像刀子一样刮在人的脸上让人生疼生疼。路上的雪被冻成了颗粒，人走在上面，脚底会发出嗞嗞的响声。眼前的山川一片雪白，白色的光芒直刺人的眼睛。邱宏涛与小金不约而同地打了几个寒战，小金很不解地说："这鬼天气，这鬼地方，不下雪了比下雪还冷。"邱宏涛没有接话，万分小心地踩在冻硬了的雪粒上，沿着青藏公路一路向西走去。

老班长说的那条大山谷到了，大山谷没有名字，在唐古拉山有很多的山川没有名字。站在山谷边，他们找不到通往沟谷里的路，在荒无人烟的唐古拉山上也许就没有路，即便有路也被大雪盖住了，没有路是不能盲目乱走的。虽然山坡地势不陡，可也有30多度，因为雪都被冻硬了，人站在斜坡上根本无法立足。邱宏涛用铁锹在雪面上点了几下，锹尖就像是碰到了硬石块，当当的又被弹了回来。一阵狂风从山对面刮了过来，小金冷得跺着脚说：

"别试了，路都找不着，回去吧！"

邱宏涛又用铁锹试了几下，发现从公路上下到无路的沟谷里确实比较困难，于是对小金说："回去吧，我们可不能为了找温泉而当烈士。"

当两人一脸僵硬地走进营院大门时，老班长像似专门迎接他们，站在大门门岗旁笑呵呵地说："看来你们还是嘴上没长毛啊，这冷的天，地上是冰冻三尺，你们也敢去，好在你们俩还不糊涂，没有贸然下到沟谷里，不然我还得准备担架去营救你们。"

多话的小金本想开口说上几句，张开嘴巴却说不出话来。

老班长用手拍了拍小金的肩膀说："赶快进屋暖和一下吧，别把下巴冻掉了。"

又到了晚上，邱宏涛与小金来到老班长的宿舍，只见老班长一个人站在窗前专注地看着窗外漆黑如墨的世界，指头夹着的烟火将他那黑红的脸膛映衬得一片暗红。

小金虽然是新兵，可小金一向生活得自信，见了老兵并不胆怯，常常没大没小地与老兵们逗乐开玩笑。他见老班长又一人站在窗前吸烟，便开老班长的玩笑说："老班长一定是想嫂子想娃了。"

老班长也不隐瞒地说："等你将来结了婚有了娃，你就会有我现在的感受了。"

小金与邱宏涛进了老班长的屋，邱宏涛从口袋里掏出茶说："这是小丁从湖州邮来的，人家那边新茶都下来了，我们这里还是冬天，还在下雪。"

老班长反倒自豪地说："你也别羡慕她们那地方，内地人还羡慕我们这高原呢，见了雪稀罕得不行。"

邱宏涛深有感触地说："班长你说得对，小丁就是因为对唐古拉山好奇，所以特别爱听我在信中讲唐古拉山的事。"

老班长深有同感地说："当初，你嫂子也和小丁一样，对唐古拉山一切都很感兴趣，就好像唐古拉山是一座奇幻王国。不过话说回来，只有好奇才会有吸引力。"

小金接来凉水，用电壶烧开水。没烧多长时间壶里的水就沸腾了，他们都知道水并没有完全烧开。小金给每个人的茶杯里倒上开水后说："老班长，听你讲雪中温泉的故事，好像话中有话，那荒无人烟的温泉旁，怎么会有帐篷呢？"

老班长抽上一口烟，眯着眼说："你小金就是人精，我留下一个话把子都能被你逮着。"

邱宏涛递上一根烟说："老班长你就讲讲吧，我们就是来听你摆龙门阵的。"

老班长端起茶杯，揭开杯盖，用嘴吹了吹，喝上一口茶，才开始了他的讲述。那是 20 世纪 90 年代初，有一个在青藏线上当了好几年的汽车老兵，后来成了大作家，到唐古拉山体验生活。有一天，那作家闲来无事，就像你们一样进山寻找温泉，巧遇一个老猎人，当时老猎人正旁若无人地站在温泉旁洗澡。温泉自然还是二十多年前那汽车兵找到的那个温泉，只是没有找到雪洞，让人仿佛感到温泉移动了位置。细心的作家在温泉旁的雪地上，发现了残留的半圆帐篷的遗址，残存灰烬的地灶，结着酥油硬疤的土墩，散落四周的帐篷碎片。作家凭直觉判断，温泉旁一定住过人。

就在作家环望四周孤山的时候，老猎人洗好了澡，穿好衣服，主动与站在不远的作家搭话说："你站的地方，以前是一个藏家老嫂的家。"

作家十分惊奇地问："难道这里真的住过人吗？如今她又到哪里去了。"

老猎人用手指了指面前不远的两座坟堆说："哪也没去，就在那里埋着，靠西边的是老阿妈，靠南边的是那牺牲的战士。"

老班长讲到这里，一时陷入了沉思，他一口接着一口地抽着烟，那烟头便像一个燃烧的火球。

此时，熄灯预就寝的哨声吹响了，邱宏涛和小金十分自觉地站了起来，老班长显然也是困了，连打了两个哈欠说："洗了睡觉吧，想听明天我继续往下讲。"

第五章

　　战士、温泉、帐篷、老猎人组成了一幅神奇的风景画，让雪山一下子有了生气。邱宏涛把班长讲的故事几乎完整地记录下来写在给丁赟的信中，信也就有了特别的韵味。

　　从笔友到朋友，从友情升华为爱情，对同处一地的年轻人来说不是一件难事，只要两人情投意合，就可以定下终身。但对邱宏涛与丁赟来说就不是一个简单的问题，他们不仅相隔万里，而且有着昆仑山、唐古拉山的阻碍，更有着地域的差别，一个生长在富庶的江南水乡，一个驻守在寒冷缺氧的雪域高原，单靠一纸书信，实现单纯朋友到相恋表白的过渡，对邱宏涛来说既需要非凡的勇气，更需要对爱情的自信；同样对丁赟而言，她既要理智地认清什么是爱，为什么爱，爱一个高原军人将来要付出多大的牺牲，同时还要冲破家庭的阻拦，承受亲朋好友不理解的劝解，接受爱对她来说不仅仅需要勇气，还需要承受更多有形和无形的压力，那样他们才能走进爱的伊甸园。

随着频繁的通信，邱宏涛率先跌进了爱河，他在后来给丁赟的信中，以不断加温的方式实现由友情向爱情的过渡。在信中，他采取暗示、幽默、调侃甚至是直白的手法进行不间断地试探。有着江南古典美的丁赟，一方面为爱而激烈燃烧，一方面她以稳重、沉着和冷静对待事关自己一生的不同寻常的爱情。

在他们通信第二年的时候，丁赟已走进了大学校园，邱宏涛在当兵两年后，也顺利地成为一级士官。如何推进两个人的友谊，让友谊浸染爱的甜蜜，如何让孤独的心灵感受爱的春风，邱宏涛怀着美好的向往，向着那爱的彼岸发出深情的呼唤。

思念至深的芸：

望穿秋水，终于收到了你的来信，近来我一切都还算不错，就是仍然沉浸在思念的苦海中，难以自拔。

这些天，虽然没有见到你的来信，我从你前几封信中，感受到了你那种切切实实的痛，我理解那也是真真切切的思念，因为你那么纯净，你不会因别的事而忧愁，但我却并不想让你因为给我写信而放弃那难得的休息时间，那是我所不希望的。我日夜思念着的人，你明白吗？看到你夜里趴在床上给我写信，几次写着写着就睡着了。看到这里，你不知道我的心有多疼，我要的是快乐的你，明白吗？

我相信，我们会有见面的机会，如果你同意，今年或明年，我决定去看你，这一直是我所希望的，但我并不想让你因我的到来，如你所说"激动得死掉"，如果是那样，我宁愿放弃，宁愿留下美丽的缺憾，我不想因为人为的原因而失去你，你可知道，你在我心中的地位，无人代替……

　　芸，试问，你如果不能快乐，我的快乐又从何而来，能为你分担忧愁是我最大的快乐，以后不论你有多少烦恼，不要不告诉我，我时刻希望你能快乐幸福。芸，难道隔开我们的是那遥远的距离和空间吗，难道距离真的不可战胜吗？不，这不是理由，我始终坚信，感情非空间所能阻挡，只要情深意切，一切的困难都将被克服。我对你的爱是纯洁的，不带一丝杂质，就如唐古拉雪山上生长的雪莲，它之所以能在高原高寒的气候下生长，它之所以被称为雪莲，关键在于它有奉献的品质。我虽然不能与雪莲相比，但我对你的感情是纯真的，我对你的爱从不奢望得到任何回报。我虽然自信地爱着你，但我也知道，我没资格向你表达那份埋藏至深的爱，如果能让你永远幸福，我情愿用一生换回，仍然虔诚地期待着能永远让你快乐幸福，永远……

　　我要让你知道，芸，这几年来，从开始到现在，我都没有骗过你，我发誓，我们交往的这些日子，我从没有骗过你的念头，以前不会，现在不会，如果有将来，我也不会骗你。为你付出，我无怨无悔，也是今生最大的满足。大千世界，一个人能找到红颜知己，谈何容易，可我却是幸运的，能在芸芸众生中有缘遇到你，是命运，是缘分，是老天的安排，我想都是吧！能为你付出，即使生命，那又能算得了什么……

你可知道，在很长一段时间，你一直是我放心不下的人，你每一次来信，我一个人不知看多少次，静下来的时候，脑子里满是你的名字，空间像堵墙，横亘在我俩之间，思念像虫子时时刻刻咬着我，鸿雁传书，成了我们联系的纽带，当我经过一天的摸爬滚打，拖着疲惫不堪的身体，回到宿舍看见你的信，身体上的疲惫顿时化为乌有，读你的信便成了我最好的放松办法。

赟芸，其实部队里也有不公平的地方，上次我考军校失败，不是我不努力，而是因为别人有努力，即便考上了，也会因别的原因而望而止步，但这些又怎能动摇我报效祖国奉献人民的决心。部队的确也有让人喜欢、让人忧的感觉，但那些如同社会上的勾心斗角还算是少数，部队宗旨是全心全意为人民服务，军人职责是保家卫国，我决不会因为那些不如意的事而放弃当个好兵的决心，而放弃我的人生追求。

对了，不知是你忘了，还是我没有收到信，你既没告诉我你的生日，我也没收到你的照片。芸，不论什么原因，我都想下次见到你的照片，知道你的生日。告诉你，我很想你，我也知道你也想我，对吗？今夜的梦中，但愿见到你，你能认出我吗？心中只有你。

祝：一切都好！

邱宏涛

二〇〇一年二月二十四日

邱宏涛当兵第二年参加了全军统考，凭他自己的估算，他够了录取的分数线，至于能上哪个军校，那是另外一回事情。可最终他没能跨进军校的大门。为这件事，我与一位曾经在兵站部工作并分管干部工作的领导进行了探讨，他说在那个年代，分数够了不能如愿上军校的现象确实存在，原因是多方面的，这个领导讳莫如深、模糊不清的回答，稍在官场上历练过的人都能明白。邱宏涛为此纠结郁闷了很长时间，他能不郁闷纠结吗，上军校可是事关他一生的前途和命运。是丁赟以春风般的语言化解了他的忧苦，是丁赟春雨般的爱抚吹走了他心中的阴云。

邱宏涛在与丁赟通信不久，他就将自己的一张戎装照片主动地邮给了丁赟。那张照片是他即将结束新训生活，由连队统一组织在敦煌一家照相馆里拍摄的。当时不知是人太瘦，还是军装太肥，他一米七八的身材，穿上军装后却看不出一点英武，那嫩白的脸被西北风吹得又黑又糙不见一点光亮，唯有他那一双大眼睛闪烁着忠诚与坚韧、理智与灵气。丁赟收到邱宏涛的照片后，她并没有按照通常礼节马上回寄一张照片，相反在以后的几年时间里，她也没有及时满足邱宏涛索要照片的期望。她有她的考虑，她认为一个女孩子与一个素不相识的高原军人通信，其初衷仅仅局限于交朋友，而且是只通信的普通朋友，既然只是普通朋友，没有上升为恋爱关系，那么通信就可以了，就没有必要邮寄照片。

也许是因为丁赟的字写得极其隽秀工整的缘故，邱宏涛的脑子里就有字如其人的想象和判断。每每读丁赟的来信时，邱宏涛的脑子里便有了江南美女的画面，丁赟恬静美丽的面容从此像生了根印在了他的脑子里。因而，邱宏涛就更加渴望有一张丁赟的照片，更加希望通过丁赟的芳容来验证自己的想象。为此，他以极大的耐心和恒心一次次在写给丁赟的信中绝对不会忘了写下："希望下一次收到你的照片"这句话。在邱宏涛给丁赟的信中，几乎有近大半的信提到了照片，丁赟的照片对处于"跌入爱河之中"的邱宏涛来说无疑是他生命中最重要的，那是爱的升华，是爱的见证，还是爱的享受。

见不到照片，能够听到声音也是一件非常美好的事情啊！在丁赟走进大学校园第一年，他们终于有了第一次语音交流。那是一个秋日高照的星期天上午，按照预先的约定，邱宏涛早早地候在电话机旁，等待相隔万里的电话，室内静极了，窗外也没有风声，邱宏涛说因为过于激动，他都能听到自己心脏咚咚的跳动声，电话铃声终于如期响了起来。他一把抓起话筒，因为紧张的缘故，他一开始还把话筒拿倒了，好在屋子里没有一点杂音，再加上丁赟的声音优美清脆，拿倒了也能听到丁赟的声音。邱宏涛说自己第一次听到丁赟的声音感觉极其微妙，他的内心深处带着紧张害怕的情绪，他害怕那声音很快消失，他害怕自己说话紧张结巴，他害怕自己说话言不达意。他们在电话里说了很多，就像分别已久无话不谈的老朋友，时间是有限的，他们总不能抱着电话讲一辈子。在丁赟挂掉话筒时，他的心里虽然有千般留恋、万般不舍，但话筒还是挂掉了，他一时呆呆地坐在那里，沉浸在刚才通话的喜悦之中，手里还拿着话筒，傻了一般立在那里，任凭话筒发出"嘟嘟"的声音。丁赟甜美的声音依然余音绕梁，依然在他耳边回响，强烈的幸福感反复地拨动着他的心弦，他内心一角慢慢潮湿，只要轻轻一碰，就会发出难以割舍的心痛。邱宏涛说自己虽然坚守高原，似乎习惯了枯燥寂寞的日子，但自己依然是一个害怕寂寞的人。平时，在战友面前，他表现的是乐观，看似无忧无虑，可在他掩饰的笑容背后却是长长的寂寞。他说他吝啬于对自己坦白，习惯于欺骗自己。他让丁赟先挂电话，其实内心里，他是多么希望她能再讲一会，可他吝啬地不敢说出来，他希望她能与他一直聊下去；可他的心又是善良的，他又害怕浪费她过多的学习时间，他知道把学习搞好对丁赟来说是最重要的。

高原的夜色是美丽的，那闪亮的星星就挂在窗前，挂在一座座山冈上。邱宏涛望着天上的星星，满脑子里却是丁赟的声音，深度的回忆便成了他最快乐的幸福。他也想让自己尽快入眠，可那美妙的声音像扎了根似的在他的头脑里生长，赶是赶不走的，他只能让那声音飞翔，让通话的幸福在无休止的想象中延续。

一年之后，为了方便听到各自的声音，他们不惜花钱买了手机。用手机通话，发短信，成为他们通信的弥补。可那时唐古拉山信号十分的微弱，大片的原野就没有信号，一旦没了信号，打不了电话，邱宏涛说自己一天都会打不起精神，感情的漩涡搅得他常常无法集中精力做任何事情。在一封信中，邱宏涛这样写道：

亲爱的芸儿：

　　没有信号的日子是度日如年，今天一天我都没有什么精神。今天星期天休息，也不想出门去看路上零零星星的汽车，看离营区不远的河流，只想一人坐在屋子里，让空旷的脑子里只有对你的思念。我太想你了，希望收到你的来信，看到你发来的短信，接到你的电话，可在这一天里，一切都是奢侈的妄想。

　　天阴沉沉的，像要下雪。过了中午，一阵狂风过后，格拉冬雪山又像昨天一样出现了彩虹，粉红色的彩带绕在半山腰间，美得让人看了心颤。这个季节（七月）是唐古拉山最漂亮的季节，天气好的时候，我常坐在外面院子中央一块有花的草地上，一边给你我心爱的姑娘发短信，一边领略这迷人的景色，远处的雪山是终年不化的积雪，蓝天下，云雾缭绕，那雪山时隐时现，不远的唐古拉河两岸的平地上，有牦牛和羊，有放牧的牧民，一幅草原牧歌的美丽画卷。只可惜，如此美丽的景色却少了一位可以相拥终生的你，不免让人失望，看景也就少了一些意蕴。

　　在那段落时间里，邱宏涛除了训练、工作和执勤，他把闲暇时间都用在给丁赟写信和发短信上，从他给丁赟的信中可以看到，从那一年七月十日开始，到八月底，他将丁赟发给他的信息，以及他自己给丁赟回的短信，他都用卡片纸抄了下来。那卡片纸还是他从格尔木花了很大工夫才从一家店铺里淘到的，左边打着圆孔，可以用线绳子系到一块，抄错了字，便易更换。他每天都将丁赟发来的信息工工整整地抄在卡片纸上。老兵李说他是脱了裤子放屁，自己给自己找罪受。他却笑着说，把信息抄下来，不仅有益保存，还可以边抄边回味，同时还练了字。他说丁赟的字写得好，自己的字不能太差了，抄写信息的过程既是精神的享受，又把字也练了，一举两得。就这样，在那段时间里，他整整抄了四十多张。他说他会一直这样抄下去，一直抄到见到丁赟本人为止，他要把所有的思念和爱用文字记录下来。

在常人的眼里，手机短信只是一条短信，但在邱宏涛的眼里心中，丁赟发给他的短信，既是心灵的鸡汤，更是他军旅生活不可缺少的甘露。所以，他从没把过时的短信当作垃圾来处理。最终，手机短信变成了他一本写满甜言蜜语的爱情宝典。

信息的快速发展帮了他们的大忙，他们有了手机，只要一方想念一方，就可以随时联系；只要有信号，只要时机合适，都可以马上听到对方的声音。他们虽然有了手机，可他们还是一如既往地用书信表达各自的感情和思念。邱宏涛说，对于高原军人来说，书信是最好的一种感情表达方式，写信不在于省钱，关键是写信能够准确全面细致地表达自己的情感，表达自己的所思所想，表达自己的苦闷忧愁；写信体现的是文字表达，当一个人想念另一个人时，可以怀着深情去写心中想写的，然后反复阅读，不像手机，说过的话容易忘记，即使有短信记录，也会因为手机的原因，最终而无法存在。为此，书信始终是他们表达感情的重要纽带。尤其对邱宏涛来说，丁赟的每一封信，就像他生命中的及时雨一样，哪怕是一言半语，对他来说都是闪亮的雨珠，是他生命的绿洲上空翩翩起舞的蝴蝶。

邱宏涛的判断是准确的。丁赟确实长得美丽，我在见过丁赟之后，我常对人说，丁赟的美，不是那种艳丽的美，表里不一的美，她是那种古典的美，江南才女的美，内心世界里包含了传统贤德的美。她美得端庄，美得大气，美得让人只有仰慕而不会产生任何邪念。丁赟还具有才女的美，其实她就是一个才女，她写给邱宏涛的信，不仅字写得好，而且极富才情，浪漫中不失朴实，感人不失真情，娓娓道来而充满情感的起伏。作为战士的邱宏涛自然感到了极大的压力，甚至是自卑。可是在邱宏涛丰富的精神世界里，他爱丁赟确实爱得如痴如醉，爱得神魂颠倒，爱得无法自拔，他只能在一次次信中，以直言不讳的方式表白，他要让一个漂亮女大学生知道一个高原战士的心声，对爱的呼唤与追求。面对丁赟羞涩、婉转、含蓄的心声流露，邱宏涛在读罢信后，感到并不解渴，那爱的火苗还不足以让他为爱而燃烧，因为他爱她爱得死心塌地，就如他爱唐古拉山一样无怨无悔。

我一直在想，一个高原战士，敢于向一个比自己条件不知好多少倍的女孩大胆地发起追求，除了爱的驱动，只能说明，他不仅具有高原军人的独特血性，而且具有唐古拉山的气魄和情怀。当然还有自信。

几年来，邱宏涛经过高寒缺氧的唐古拉山地摔打，人迹稀罕的雪山高原的陶冶，他在自卑中逐渐走向自信，尤其是与丁赟的通信，他从她的引领与鼓舞中一步一步地走向成熟，他越来越坚信自己是一个能够克服一切困难的男人，是一个适宜特殊环境成长的特别战士，是一个敢于向恶劣环境挑战的勇士。为此，他坚信自己能够成为一名不同凡响的军人，他坚信自己纯洁的爱情追求，坚信像雪莲一样圣洁的丁赟，只有坚守在雪山高原的战士才有资格去追求；他深信自己能够坚守高原、保卫国家，同样可以保卫爱情和自己的爱情家园。

第六章

　　连续几天的油料输送任务完成，输油泵站的士兵们又一时闲了下来，每天除了机器维护保养、业务知识和政治理论学习，士兵们没有更多的任务可干。人闲了，也就又有闲心听老班长摆"龙门阵"。

　　又是一天下午，理论学习讨论完毕，一班人都从老班长的房间离开回到了各自的宿舍，唯独邱宏涛与小金留了下来。邱宏涛掏出烟给老班长点上，老班长饥饿地猛吸了几口后说："我知道这烟是不能白抽的，待会我接着往下讲，故事精彩得很。"

　　那个午后，老猎人也记不清是哪年哪月发生的了。那个老阿妈叫德吉达娃，当时德吉达娃阿妈从寺庙里朝觐回来走过公路时，确实遇见了那个兵了，当时天空的雪花正满天飞扬，就像一道道纱帘，几米之外就人影模糊。那兵在雪中艰难向前移动的身影，德吉达娃应该是看到了，她只是远远地看了几眼，又自己走自己的路了。

在白昼与黑夜交替的时候，德吉达娃回到了山脚下的家，回到了被牛粪火烟熏得像铁皮一样用牦牛绳编织的帐篷。

那一夜，雪下得真是大啊！大雪掩埋了山嘴上的喇嘛庙，掩埋了德吉达娃的帐篷。那一年，德吉达娃老人近八十岁了，一辈子守着半栏羊窝在山沟里，不知道外面世界的精彩，一生忠诚于佛祖，是佛教虔诚的信徒。坐在火炉旁的德吉达娃，却无法静下心来，因为那个兵艰难爬行的姿势时不时在她眼前浮现。你们不要埋怨老阿妈心狠，自从老人离开那个兵回到帐篷后，悔恨的心绪像弥漫的大雪压得她喘不过气来，那种灵魂深处的忏悔如帐篷外尖叫的北风撕咬着她的心。

德吉达娃老人肚子饿了却没有心思和心情吃饭，多年到时间就睡觉的习惯被扰乱，她六神无主地围着火炉转着圈圈，当一阵阵狂风刮过，帐篷像大海里被浪潮掀起又坠下的时候，德吉达娃面对门帘一直跪在地上，双手合十，嘴里念念有词，为那个兵祈祷。

听老兵说，那天晚上雪下得太大了，在唐古拉山几十年不曾有过。老阿妈自然是没有胆量迈出帐篷到雪野去追找那个兵，但她经过一番激烈的思想斗争，她还是打开帐篷门，在离帐篷不远的石板上点燃了一堆牛粪。牛粪对老阿妈来说是多么的重要啊，在那个冬天里老阿妈用于取暖的牛粪贮存的并不多，但她还是把牛粪烧得旺旺的。

在老阿妈的心中，她始终坚信，牛粪火能够传递热能，能把热能传送到那个兵的身上。所有的距离都是虚幻的现象只要心与心沟通，山不隔身，水不断音。

那一夜，老阿妈一夜不曾入眠，她每隔一段时间都走出帐篷去添火。到了白天，她也没有让火熄灭。她让那牛粪火整整燃烧了三天三夜……

老班长讲到这里哽咽了，血红的眼睛充满了泪水。

那个兵是否感受到了老阿妈点燃牛粪火的真情我们无法知道。但他在倒下的最后一刻一定感受到了寒夜中的温暖，感受到了人间最后一丝的真爱。

第七章

　　当夜，邱宏涛却无法入睡。洗漱完，关了灯，老班长讲的故事像放电影一样在他脑海里闪现，他只得将身旁的手电筒打开，趴在被窝里给丁赟写信，将自己一天的所见所历尤其是老班长讲的故事一字一句写在信纸上。

　　从此，邱宏涛写给丁赟的信就有人还有事，有了生动的故事，不再只是对唐古拉山的空洞赞美，实实在在的内容，有血有肉的人物，再加上他的感想，信也就有了分量。有事可写，有话可说，信就像那雪山上的温泉源源不断地涌出，信便像雪片一样飞到美丽的烟雨江南，飞进了生机盎然的大学校园，飞进丁赟那充满梦幻的心田。

　　刚开始，那信中的语言像缓缓飘落的雪花，让她那颗少女的心发出清香的芳菲，随着爱河的小船向前划行，双方的语言逐渐变得柔情蜜意，尤其是邱宏涛不断提高爱的温度，并逐渐灼热起来，她的心仿佛如琴弦一般被拨动着。

在鲜花盛开的五月，丁赟又收到了邱宏涛热烈的来信，那信像西北的狂风，搅动了丁赟的心绪，今晚对丁赟来说，注定又是一个不眠之夜。

作为学生晚会的主持者，她第一次成功组织了"五四"青年晚会，并朗诵了诗歌《致橡树》和顾城的《一代人》：黑夜给了我黑色的眼睛，我却用它来寻找光明。富有激情的主持，富有诗意的朗诵，将晚会一再推向高潮。晚会结束后，学校团委书记请丁赟和几个主力学生演员一道到校园外面吃夜宵。演出结束后吃饭本来是早就说好了的，在大家你一言我一语欢声笑语即将走出校园大门的时候，一个女孩子突然惊喜地高叫，今天的夜色真好，月亮好亮，你们看那一向明亮的北斗星，今晚却暗淡无光，像是遇到了忧伤。丁赟抬起头，一眼从繁星中看到了那颗熟悉的北斗星，一种揪心的牵挂，一声如深夜中的敲门声般的深切呼唤，顿时使她沉浸在一种恬然幸福的思念之中，她的脚步便停了下来，她想起了邱宏涛的来信，脑子里便出现了唐古拉山五月飞雪，邱宏涛一身戎装被雪花裹身的身影。她转回身沿着开满鲜花的林荫小道走去。她既像陶醉又像担忧地在心底里说："现在我真的跌进了爱河。"这句话，她不止一次地对自己说。其实这句话，是邱宏涛一年前在写给她的信中写到的，她从此敏感地记下了。她走到亭台下，靠柱而倚，一眼就扫到了那颗今晚不太明亮的北斗星。她望着深邃无边的天空，面对静静的夜晚，她先是听到了蛙鸣，那一会儿独唱，一会儿合唱的蛙鸣声，就像她们刚刚结束的晚会，是那样的充满激情。她想高原的夜晚一定是寂静的，除了蚊子的嗡嗡声就再也没了其他的声音。她真想安静一会，可那蛙鸣声又响了起来，鼓噪不休，如泣如诉。在呱呱如鼓的叫声中，她突然听到了一只夜莺曼妙的鸣唱，循声而去，那夜莺站在一棵丁香树上，树枝随风摇曳。树枝上的夜莺就像走钢丝的杂技演员，以极好的平衡舞动着美丽的羽毛。过不多一会，又有一只夜莺从另外一棵树上飞了过来，表现出十分亲密的样子。它们就像是夫妻，或者是恋人，夜莺的声音突然高了起来，嘹亮而大胆，宛如小溪撞击石壁的声音、伴随着湖面的凉气浸润着她的全身。好一会过后，它们像似完成了幽会，扇动着翅膀，在密林中东突西撞，朝各自的家飞去；水面上几只野鸭还在辛勤地劳动，其中一只野鸭从水中钻了出来，嘴里叼着一条鱼，在月光下发出片片白光。河对岸一对恋人在窃窃私语，男的声音粗厚，女的发出欢快呵呵哼哼声。她心烦地离开了亭榭，沿着小径朝前走，前面是一片竹林，据说那里有蛇，她在一个石条上坐了下来，这儿安静极了，没有一丝风，细长的竹子像似睡着了一动不动；从屋檐下飞出的蝙蝠一只一只掠过眼前宽阔的湖面，那种在安静中飞翔的声音勾起了她心中丝丝凉意和忧愁，"现在我真的跌进了爱河"这是邱宏涛写给她信中的一句话，她喃喃念道："我现在真的跌进了爱河……"

她想自己何尝不是如此，自己宁静的生活早已泛起了道道涟漪。她冥想，是谁让他走进了自己的芳心，是何时走进自己的芳心，如果是自己，你就认命吧，是命运的安排，是自己认可接纳并爱上了高原军人。想到这里，她的心开始激动不安。可一想到养育自己父母的殷切期望，精心培养自己老师的谆谆教诲，她心里又开始躁动不安。一位她最喜欢的老师曾经说过一句话——"爱就是命运"，是顺从命运的安排，还是像父亲那样划着船，在宽阔的江面上，重新开启人生爱的航道，那需要多大的力量啊！首先情感不允许，她无数次地发现，那个坚守高原的邱宏涛，已经深深地根植于她的大脑之中，根本挥之不去，他的声影简直如影相随。刚开始她还以为只是同情和怜悯，后来发现根本不是那么回事，几天不与他通话，她就会牵挂他，惦记他，一段时间收不到他的来信，她就会思念他、就像丢了魂，这种如痴如醉、难舍难分的相思，不正是人们赞美的纯粹爱情吗？她抬起头，仰望天空，星星似乎稀少了许多，北斗星也更加暗淡了，她在想，唐古拉山也是清风明月的夜晚吗，如果是，邱宏涛此时在干什么呢？是与她一样在想念对方吗？此时，一阵醉人的春风吹了过来，风里夹带着湖里的荷香，园子里的花香、草香，她深情地吸了一口。月光下，那两棵依偎在一起的相思树长得越发茂盛了，每根枝条、每片叶子都在以最大的限度向着自己生长方向发展壮大。她想她与邱宏涛一个专心读书、一个赤诚守边，都把最好的青春年华倾心于行走在恋爱的路上。丁赟深情地想道："愿孤独寂寞使我们各自清醒，愿明亮的月光下我们获得相思的甜蜜，愿我们朝着爱的彼岸同心向前。"望着皓月当空的夜色，她又想起了顾城的诗句："黑夜给了我黑色的眼睛，我却用它来寻找光明。"她静下心来倾听此刻的宁静，一时似乎什么都不想期待，可她无法忍受地期待着什么，于是宁静从四面八方朝她涌来，深情地环绕着她。月亮在浩瀚的天空中悄悄地向前滚动，四周的星星闪着微笑的眼睛；

星星们似乎清楚自己的光亮来源于月光的照射，自己的呼应来源于月光的深情回报。夜莺又开始了呖呖的歌唱，星星正熠熠的闪烁，树木也陶醉在春夜的睡意、温存之中并在徐徐的清风中温柔摇摆。丁赟一时沉醉于婆娑的景致之中，眼前平静的湖面上便有了月亮和星星的身影，那比绸缎还要柔软的湖面衬托着它们的光辉，一只水鸟扑向了湖中，那冲击的姿势不是为了捕食，而是为了那闪着光芒的月亮。

她眼睛一片朦胧，那腾飞的水鸟仿佛变成了她心爱的人儿，是那样的勇敢，为爱而不顾一切，心中对既往的徘徊与纠结如春雪一般在暖融融的心田冰消瓦解。

她终于清醒明白，爱一个人是没有条件的，爱是任何外力无法阻挡的，她发现自己心中的爱恋从来没有这样专一、深沉、热烈！

她知道爱可以隐藏，可以拖延，但无法拒绝，她向他抛出了爱的橄榄枝，她说："你是我认识最棒的男孩子，昨晚托梦给了你吧，说我要嫁给你，你注定是我最美好的选择……"

第八章

　　"在那个风雪狂啸的夜晚，那个兵如果能够再往前爬五十米，他就不至于被风雪淹埋；如果老阿妈有勇气走出帐篷、走出牛粪火堆几步路的勇气，也许就能救了那个兵。可惜，世界上从来就没有如果。"老班长轻声细语地说。

　　邱宏涛听了急不可耐地刨根究底地问："老阿妈为什么不再多走几步呢？"

　　小金也补上一句说："那战士都看到火光了，为什么不拼命一搏？"

　　老班长轻声地说："话好说，你们怎么没敢下到沟谷里去找那温泉，任何事都是有极限的。在风雪中，那战士已经走完了他一生的路程，耗尽了他所有的力气，哪怕是活的希望近在咫尺，没有外力相助，他也无法到达。"

老班长摆"龙门阵"讲到关键处常常来个短暂的停顿，这种停顿是非常重要的，他给听众留下了思考的空间，也给自己留下了整理接下所讲故事的思路。

老阿妈真正良心受到极度的自责是五年后，那是头上戴着闪闪红星的一队军人做了她的邻居之后。那是一帮汽车兵，他们是开着载重卡车在高原到处跑的人，他们到西藏运输物资，去班戈湖运硼砂，执勤之余把德吉达娃阿妈家里的活儿几乎全包了，什么挑水、贴牛粪饼、赶羊归圈等全包了。最让她开心难忘的是有两个娃娃兵，到兰州执行任务回来，给阿妈买了一身深蓝色织贡呢棉袄棉裤，那天老阿妈穿上这套崭新时髦的衣裳后，整座雪山都亮了许多。

有一天，老阿妈在与士兵们闲聊时，得知好几年前他们的一位战友因跑单车在雪山迷了路而走失。老阿妈的心顿时像锥子猛扎了一下，双腿一软，一屁股坐到了地上……

老阿妈把士兵们领到雪峰上，在一座坟茔前停下，将一条雪白的哈达献给那个因迷路而长眠在此的士兵。

老阿妈十分痛心地说："你们四个人的年龄摞起来也不及我的岁数大。年龄大有什么用呢？阿妈我是个糊涂人。你们搬来后，我才弄明白，头上戴着红五星的金珠玛米是藏家的菩萨兵。睡在雪峰上的那个兵也是和你们是一个队伍里的人，当年，我要知道是金珠玛米，我多走几步，也许就救了他……"

时隔不久，解放军小分队调离了雪山。

不久之后，德吉达娃老阿妈就把家安到了温泉边，将那顶牦牛编织像铁皮一样的帐篷撑在了温泉一旁的塄坎上。

那就是当年那个兵穿过青藏公路的地方，她请人竖起了一块木牌，上面用藏汉两种文字写着："温泉茶水房。"字的下面，还画了一个箭头直指山中。

很快，"温泉小站"的美名在青藏公路上传开了。人们都说，唐古拉山有一个心肠最善最美的老阿妈。事实上到茶水站喝茶的人并不多，大家都不忍心麻烦年迈的老人。倒是那些汽车兵隔三岔五的总去老阿妈家一趟，除了喝酥油茶，更多地是把老人的活干完，就连山脚下的那个简陋厕所也给老人收拾得干干净净。

就这样一天又一天、一年又一年。

到了德吉达娃老人九十九岁的那一年，她突然提出，要外出赎罪。别人问她赎什么罪？她说，每个人有什么罪，自己知道，佛祖都知道。佛祖会惩罚一切有罪的人。有人又问："去哪儿赎罪？"她说："拉萨大昭寺。"

德吉达娃老阿妈真的说走就走，走的那天她一把火点了那顶像铁皮一样的帐篷，将那把大铜壶擦得锃亮闪光，灌满泉水，放在温泉边。

老阿妈踏上了去日光城的漫漫征程。她穿的是士兵们给她买的那身衣裳，外面套一件藏袍。她没有坐车，三步一叩长头，两步一个朝拜，虔诚得让人敬佩。

最奇怪的是，那铜壶不但没有被人偷走，而且从来不见水少，冬去春来，都是满溢溢的清澈。每当晴天的夜晚，满天的星星，仿佛都落在了水里，闪闪发光，美丽极了。

再后来，青藏高原又有了一个新传说：唐古拉山有一眼神泉。

邱宏涛与小金不约而同地赞叹说："太神奇了。"小金接着又问："老阿妈年龄那么大，能一路叩拜到拉萨吗？"

　　那是老阿妈的愿望。老阿妈没有走到拉萨，她永远地倒在了冈斯山的怀抱里。从此，在唐古拉山的雪峰上，又多了一个坟包，一个是那战士的，一个是老阿妈的。

　　这是一个死者对另一个死者永远的忏悔和思念。两座坟包就是一个土堆。没有墓志铭，那永远不曾干枯的温泉，既是老阿妈一生的圆满句号，也是大爱的真情流淌。

第九章

　　"德吉达娃与温泉"的故事深深感染和鼓励了邱宏涛，他以真切的心、纯洁的爱不断地向丁赟射出丘比特之箭。

　　光阴飞逝，丁赟在与邱宏涛通信交往中不知不觉迎来了毕业，她以优异的成绩和出色的表现应聘进入湖州石油公司做财务工作。这是让不少女孩子十分羡慕的职业，风不吹日不晒，工作强度也不大，收入也不低，她在被确定录取的当天，就用手机短信发给了远在唐古拉山的邱宏涛，她要让他一起分享成功的喜悦。

　　丁赟走进公司上班那天，正是桂花飘香的金秋十月，她身穿蓝色的连衣裙，脚穿不高不低的黑色高跟鞋，发型还是上大学时选择的淑女型，一根辫子不长不短得恰到好处地落在肩上。她那瓜子脸透着青春的俊美，额头上搭着十分规则的刘海，两只大眼睛清澈见底、顾盼生辉，高而端庄的鼻梁使她尽显江南女孩的秀美。在她走进公司的第一天，她的漂亮、文静和知书达礼的气质就受到了公司男男女女老老少少的赞美，一些未婚青年男子夸奖她是下凡的仙女；一些老到世故的老员工则不无感叹地说，好多年公司没招一个像丁赟这样漂亮的女孩了。反正她的秀美与独特的气质很快成为石油公司的美女"明星"。"肥水"哪能流外人田。同办公室一个阿姨，在丁赟走进办公司第一天就开始对丁赟的一言一行进行细心观察，一个星期下来，发现这女孩子与众不同，人不仅漂亮，而且淡定沉稳，不像现在好多女孩子把自己漂亮的脸蛋和文凭当资本，高傲而又轻浮，办事不讲规矩，也不懂得尊重他人。于是瞅准机会当起了红娘。一天，那阿姨见办公室的人都已下班，便和颜悦色地对丁赟夸赞说："小丁，阿姨看你这姑娘不仅人长得好看，而且水平也高，待人谦虚有礼貌，阿姨可是打心眼里喜欢。"

丁赟一边收拾办公桌一边笑着说："阿姨过奖了，我还小，又是刚进公司，有做得不好的，还望阿姨多指点。"

阿姨满脸笑容地说："小丁，我看你这孩子挺好，阿姨想给你介绍个对象。"

丁赟听后一时有点发蒙，还没开口说话，那阿姨抢先说开了："我一个朋友家有一个独生儿子，小伙子工作单位很好，前年大学毕业，二十六岁了还没谈对象，在你之前，我也给他介绍过，他都没看中，我看你不仅人长得好看，又有文化，人也稳重，不知你愿不愿意。"

丁赟听了一时没有接话，事情来得太突然，她没有想好怎样用最合适的方式婉拒人家一片好心。再说了，同在一个公司上班，抬头不见低头见，弄不好双方都会很难看。那阿姨见丁赟微笑着没接话，自己又说上了，她说："我那侄儿个人条件也好，长得也是一表人才，二十六岁就是项目主管，很有发展前途的。"

丁赟知道再不说话，那阿姨还会继续说下去，那样她就更不好拒绝了。丁赟先是谢了那阿姨一番好意，然后才说："我刚刚大学毕业，刚上班，年龄还小，现在暂时还不打算谈男朋友。"

那阿姨不甘心地说："我那侄儿年龄也不大，你们先见个面，如果都乐意，他等上你一两年再谈结婚的事也不迟。"

那阿姨的话让丁赟一时没了退路，丁赟只好说："谢谢你一片美意，只是我刚工作，我真的不想年纪轻轻的就谈男朋友。再说了，见了面哪有不谈的。"

丁赟之所以拒绝那阿姨，关键是那个时候她心里已有了邱宏涛，虽然他们两人还没见面，虽然她还没有最终表态下决心嫁给他，虽然她的父母还没有同意，但她的整个心只装着邱宏涛，她是一个爱情至上的信仰者，她从来没有想过去拿青春、拿美丽和好的工作条件去攀附名门和富贵。为此，她没有任何犹豫拒绝了亲朋好友和单位同事给她介绍男朋友的关心。

在介绍男朋友的事情上，丁赟在给邱宏涛的一封信中就讲到了一个很有趣的故事：

"清明时节雨纷纷"，一点儿都没错，从三天前到现在，天天都是"阴森森"的鬼天气，原本把所有冬天里穿的衣服都洗干净放好了，没想到是多余的，现在又得拿出来穿，一旦穿过了，过几天又得洗好多的衣服了。如今的春天，怎么也不像春天了，心爱的裙子也只能在一边睡觉，没心情。抬头看窗外，地面上都是湿的，不知道是下了雨还是刚才洒水车来过，但愿别下雨，要不然下班回家就可怜了。今天下班之后就去逛街，我的任务是帮助那个姐姐选好一件适合她的晚礼服，我在前一封信中给你讲过的，那个姐姐在前段时间拉我去看她试婚纱，没完没了的那个，五月二日是她结婚的日子，她给我的期限只有一个多月的时间，要求是无比苛刻的。她只有一米五六高，穿什么晚礼服，商店里就没有她那么矮的人穿的，真害苦我了。你知道我是怎么认识她的，并且和我成为好姐妹的吗，她男朋友的叔叔就是我石油公司的老师傅，这老师傅在认识我不久后就要给我介绍男朋友，人选就是他的侄儿。当时老师傅并不知道他侄儿有女朋友了，那男孩的名字听得我耳朵都快起茧子了，因为我没有答应，人也就一直没见过。我和那姐姐相识，不是在公司里，而是在医院里。有一次我感冒了在医院打点滴，刚好一旁也有一个女孩子，她看上去很难过很痛苦，并不是一般的感冒，后来听医生说她得住院，她哭了，我问她才知道她不是湖州本地人，没有亲人，男朋友远在一个小县城上班，赶到医院还需四五个小时，我想这个时候如果她男朋友不来照顾她的话是不行的。因为她家离得那么远，我跟她要了她男朋友的电话帮她打了电话。到了晚上，我帮她去买晚饭回来见到一个男孩子在病房里，他自我介绍，我吓了一跳，原来这个人就是某某，太好玩了。后来我才知道那女孩也在我们同一个公司里，就这样，我们认识了，成了好朋友。有时想想觉得人真的很有意思，会有感情，那么复杂也那么简单，复杂得有时捉摸不透，简单得让人近乎透明。

邱宏涛深知自己与丁赟之所以不能确定恋爱关系，影响这一关系确定的因素固然很多，但最关键最核心的因素还是地域之差，有很多现实的问题难以解决。再说，丁赟不是那种轻浮的女子，可她是一个重感情、有自己爱的追求、有自己爱的信仰的人。所以在没有考虑成熟之前，她是不能把爱一个人轻易地说出。而陷入苦恋之中的邱宏涛，只能一封又一封的写信表白，他在一封信中说，我爱你，但不是不择手段的得到你。邱宏涛深知像丁赟这样才貌双全的女性，身边优秀的青年很多，自己在众多的追求者中间，只能排名靠后。这句话也是丁赟在一封信中和他半开玩笑半认真说的。为此，丁赟的同事还给她排了一张表。邱宏涛心里清楚，与那些青年相比，无论从所处位置、经济条件等相比，自己实在比不过。邱宏涛甚至发出无奈的感叹，自己要是军官就好了，可又与身边的军官们相比，他也不觉得自己有什么差距，自己和军官的差别只有分工不同，职务高低之分。可是，他不死心，不甘心，自己即使是普通一名士兵，献身国防同样可以做到问心无愧。对于这些思考，邱宏涛也不会平白无故地说出，那是他的一个战友在退伍一年后又来到了高原，两个人在多喝了几杯酒后，他才以极大的勇气，向丁赟表达了内心世界。

他在给丁赟的另一封信中说，我也不管我在你同事那张表格中排名第几，反正我是胜利者，即使是最后一名，又怎样？我坚信你就是我的爱人。

伴随着通信的深入了解，邱宏涛发现自己越来越离不开丁赟的来信，盼信、看信、回信一时成为他生命中最重要的一部分。如果一段时间收不到丁赟的来信，他会惶恐不安、不知所措，他坚信自己一定是跌入了爱河，徜徉在爱河边上的他情不自禁地向着对岸呼唤。

第十章

在唐古拉山输油泵站，士兵们都说老班长是故事篓子，有时士兵们就戏称他"篓班长"。老班长的故事太多，所有青藏线上的故事他都知道，荤的素的都有，当兵们听得腻了，他就给你来点"荤"的，所谓"荤"无非就是有关男女交往的故事，根本谈不上爱情，更谈不上男女之事，最多只能算是男女之间的朦胧交往，他常常是讲得恰到好处、点到为止。

老班长讲了"温泉的故事"，接下来又讲"温泉河"。

当山上的积雪消融，当路边一片又一片潮阴地浸出了水，温泉河就有了晶灿灿的水花，有了悦耳的声响，藏族姑娘就会像过节一样，身着花花绿绿各色氆氇藏袍，像快活的鸟儿飞到温泉河边，有的站在水中，有的立在岸上，还有的坐在河心的大石头上。

她们每个人脸上都洋溢着幸福的笑容，嘴里哼着只有她们才能听懂的藏家情绵绵、意切切的歌调。

一位酷似藏家的大姐，像是从云朵里钻出来一样来到了姑娘们的中间。她一如往常还是穿着一件蓝底白碎花衣服，不过，这件衣服是春秋穿的单衫。裙子也是同样的布料，合体得让她苗条的身材轮廓尽现。

她以银笛一般的嗓音对姐妹们说道："冰雪融化了，太阳暖和了，姐妹们都干起来吧！"

她把姑娘们分成三组，有的负责拆洗被子，有的翻新汽车坐垫，有的负责冲刷棚布和工作服。

每年七月中旬前后，是温泉河兵站最美好、最开心的日子。在这个季节冰雪融化，阳光充足，气温适中，男人们可以赤身露腿，女人们可以亮怀穿裙子。今天到温泉河来为兵站拆洗被褥的姑娘们都是大姐走藏村串帐篷动员来的。她还对士兵们说："姑娘们为你们洗刷衣物，你们也应该走出来。"

士兵们一年也难得见到年轻的女子，一个个都加入到藏家女的歌声中。

衣服洗净了，晾在河边绿油油的草尖上。被褥涮绿了，晾在用竹竿支起的背包绳上。

座垫漂白了，像云朵一样飘在一块块大石头上。最让藏家姑娘和兵们难忘的是"拧"被褥。那"拧干"的动作太有诗意和韵味了，男女各抓被褥一头，朝相反的方向用力，拧着拧着便成了麻花，越拧越紧，越拧越短，越拧两人的距离越近。这时候，藏家女的身段，特别是那腰肢，也拧成了麻花状，美丽极了，动人极了。最后，两人的距离最近，一不小心，胆大的一方，稍稍用力一扑，两个人的身体就碰到了一起，有的还倒在了一起。

银铃般的笑声与河水的潺潺声，在蓝天下回荡。小金听了情不自禁地问："老班长，你讲的是真的吗？我怎么像听神话故事。"

日头偏西的时候，河岸两边的草地成了花花绿绿的海洋，白的，蓝的，绿的，红的。那是盛开的格桑花，那是一片七彩的云海。

藏家小姑娘们跟在大姐的身后，串到士兵们的圆木房里，搜寻她们要干的各种活儿。有胆大的姑娘，竟然搜出了士兵们的内衣要拿去洗。士兵们害羞得脸都红了，羞怯地说："要不得，不行的。"大姐却认真地说："嘴上的茸毛还没褪干的娃儿也知道羞了，一边闲着去，她们就是你们的小妹妹，小妹妹给哥洗衣服有什么不行的。"

小金感叹地说："那大姐太好了，我们这儿咋连姑娘的人影都没有。"

老班长哈哈大笑说："你就做美梦去吧！"

邱宏涛也不甘心地问："那大姐是不是跟哪个兵有关系。"

老班长伸出手夹住小金的耳朵拧了一把说："我知道你心里那点小九九，今天不讲了，想听，也只能等下次。"

第十一章

邱宏涛听了老班长讲的"温泉河故事"后，内心里是一片湿润，他对自己的爱情越发地憧憬。他连夜加班将老班长所讲的故事一一写在给丁赟的信中，由此延伸，谈了自己的所思所爱。

邱宏涛只觉得丁赟就是一个像大姐一样心地善良的人，一个值得他去追求的姑娘。为此，他以一个战士冲锋的姿态，在二〇〇四年新年过后，向丁赟发起了一次次猛烈的攻势。他不想再把信写得那样委婉含蓄，他要在信中直接表达自己所思所想所爱。

邱宏涛独自一人坐在营院前临河的草坪上，他像干渴太久的小草，深情地吮吸宝贵的甘露。

亲爱的芸儿：

你好吗？

几个月了，你真够狠心的。苦苦等待的我却始终盼不到你的一纸半张。等来的却是更深、更浓的思念，更苦、更痛的失望。我真的不能没有你，也许一切都是因为我，才会让你不开心、不快乐，可是又有什么方式能让我阻止对你至纯、至真、至深的爱恋？向你表白却又让你烦恼，如果不说"我爱你"三个字，一旦失去了你，我一生都会后悔，会在悔恨中度过自己的一生……

今天唐古拉山云开日出，天更蓝，云更白，天际更深更远。在这样的好日子里，我终于等来了你的电话，你的声音，对我来说，就像高原的云雀，像佛庙里传来的天籁。你的话，打消了我一切的担忧，原来所有的一切都是猜想，一种低级而又愚蠢的猜想。对不起芸儿，你知道这里很艰苦，通讯设备依然那么落后，因为信号问题，打电话需要到很远的地方去，其实我早就在想给你打电话，即使爬到唐古拉山的顶峰，只要能听到你的声音，都是值得的、幸福的。这份爱于我来说，埋得太久，酝酿得太浓了，想你、爱你，我都快想疯了。当夜深人静的时候，我千万次地呼喊你的名字；当我一人无聊乏味的时候，我会跑到门前很远的唐古拉河边，对着涓涓的细流，一遍遍呼唤。丁赟，我爱你，我不能没有你。我希望我的一遍遍呼唤，能被母亲河带到你的身边，让你听到一个高原战士的苦苦呼唤。即使这样，我还是害怕失去你。喊过之后，当时心里是舒服了，平和了，离开河边，还是无法减轻爱你的相思。我的芸儿，你听到了吗？我被思念的网罩得无处可藏，满脑子、整颗心都是你，挥之不去。

如果全世界我都可以忘记，就是不愿失去你的消息；如果全世界我都可以放弃，只有你值得我去珍惜。芸儿，我清楚，像你那么出色的女孩，身边的异性朋友很多，也许我根本没有机会，我虽然有百分之百地爱，却也不能全部给你，因为我是军人，而且是一个坚守在高原的战士，我爱你，也同样爱部队、爱我的事业……

春天的江南，春雨绵绵，青翠欲滴的树叶发出嫩绿的光芒；各类鲜花竞相开放，红的耀眼，黄的夺目，紫的贵气，香的刺鼻。丁赟独自一人坐在办公室里，望着窗外的景色，她一时陶醉的发呆，两只黄鹂在柔软的细竹上跳动，当她的目光再一次回到桌上的信纸上，看到"芸儿，我爱你。"她全身猛地颤抖了一下，两行眼泪便流了出来，这是一个通信近五年后一个高原军人对自己最深情地呼唤。

以前，邱宏涛在写给她的信中只是隐约的暗示，在交往几年之后，面对邱宏涛的一次次讨要照片，她才将自己的照片邮给了他。邱宏涛在来信中夸赞她是仙女下凡，说一人没事寂寞时，就会一人独自欣赏她，有时会出神地与照片里的她说上几句话，要是外出学习训练他会将照片装在贴近自己胸口的上衣口袋里。睡觉时，他会将照片放到床头，与照片上的人儿相伴入眠，那样他才睡得安稳、睡得香甜。在她上大二之后，他在给她的信中时常袒露自己的心迹，说将来就想找她这样的女孩，说她就是他心中的偶像，甚至是自己一生的初恋。在最初几年，她始终没有做出爱的承诺，关键是相隔过远，邱宏涛又驻守高原，恋爱成家会有很多无法想象的困难。再加上她也不想过早的恋爱，所以她没有对邱宏涛打开爱的心扉。现在大学毕业了，也面临着婚恋的问题，邱宏涛的信一次比一次热烈，一次比一次直白，正如邱宏涛在信中说的那样，他一次次因她相思而失眠，一次次因爱她而疯狂地对着雪山高呼："丁赟，我爱你"，一次次在信中向她发起爱的攻击。丁赟大学毕业参加工作后，之所以拒绝一次次的相亲，她心里被邱宏涛这个可爱的高原军人占据了，有时她试图动摇他的位置，其结果是比爱更相反的痛苦。她只得顺着感情的河流向前划行，她知道那叫缘分，是不可违背的。她更深知，天下的恋爱，不只是成双成对、花前月下的浪漫。丁赟说："世界上还有一种最浪漫的爱情，那就是与自己的心上人天各一方，却对他的爱永不变色，可以天涯相思。"

邱宏涛又来信了，他在信中这样写道：

芸儿：

我知道你过得很纠结，要怪就怪我吧！从五月十五日开始，部队工作一下子忙了起来，我很少回连队，常常在野外驻训，没有办法给你打电话，写封信也不容易，四周都是荒无人烟的无人区。想说的实在太多，可又无法实现。

几个月来，我没有停止过思念你。每一分、每一秒对我来说都是那样的漫长，每天的拉练、实战训练很少有时间休息，如果没有你在我的心中，让我那么牵挂，让我有一个希望，我不知能不能保证完成好任务，做一个合格的军人。在紧张的训练之余，能抽出时间看你的信，即使再苦再累我也是快乐的。但我也知道，无论我有多么大的毅力，始终穿不透那思念的网，因为我无法阻止我的情感，我明白自己深深地爱着你，没有了你，我不敢想象我会变成怎样。我想，今生今世，没有人能像你一样在我心中扎根。给我一个机会吧，我愿意用一生去守护去珍惜。

芸儿，我想好了，我一定要到湖州去见你，我不想让自己用一生去悔恨……

军人也有爱，却因为那份神圣的职业，只能把那爱埋在心灵深处，轻易不敢表白。其实，军人的爱要比常人更浓重、更热烈。芸儿，以前，我不敢表达，是担心自己没有资格，因为我不能给你全部的爱，不能陪你在花前月下漫步，我怕伤害了你。虽然我那么深深地爱着你，但我不想给你带去丁点伤害，可我又不想失去你，失去那份真情。芸儿，山上的雪莲可以见证我的心。

芸儿，我爱你！

宏涛

二〇〇四年六月十日

信是他们的使者，也是他们牵线万里的红娘。这一年盛夏七月，在唐古拉山最美丽的季节，邱宏涛收到了丁赟的来信，在信中，丁赟明确表态，他们从知心朋友升华为知心爱人。丁赟在信中这样深情地写道：

宏涛：

好想你！两天多了，你那个鬼地方怎么还是没有信号呢？我真想去买炸药把那座山炸个片甲不留。什么鬼地方，一连几天没有信号！这不是害人么，哼！我好没劲，烦得要命，今天谁打我电话我都不会接，那他就自认倒霉吧！我没好心情跟任何人多说话，讨厌！

现在我知道你在开会了，晚饭还没吃呢，你好辛苦吧？原本还好和我说说，可是无奈啊又没有信号了。唉，我真的强烈感觉到我这一生的幸福全操纵在你手上了……

昨天我请了假，记得么？一个朋友结婚，那新娘为了穿婚纱减肥呢，据说有十五天没有吃饭，天哪，要饿晕过去了，真是佩服。还有啊，再过十五天我有个同事也要结婚了，今天刚收到她的"红色炸弹"。她也是，每天只吃一点点东西，饿得咕咕叫……等我有空了再写？

芸

二〇〇四年十月三十一日

爱情的小船按照邱宏涛的心愿向前推进，有了爱的力量，邱宏涛干劲更足了，他真的甩开膀子，事事干在前头。很快夏天结束了，很快短暂的秋天不见了踪影。进入冬天以后，唐古拉山接连下了几场大雪，冰雪连天，高原一时成了群山孤岛，因为雪大的缘故，送米送粮的车将近一个多星期没有露面，好在输油泵站粮食和蔬菜存储充足，一时半会饿不了肚子；虽然邱宏涛收不到丁赟的来信，好在他准备在先，将一年来丁赟的信完整地保存着，寂寞无聊的时候，那一封封书信便成了打发时光的精神食粮。千里之外的丁赟，同样以无比的思念牵挂着守在高原的心上人，她在一封信中写道：

亲爱的：

真的好想你，此刻你那儿或许依旧是雪花漫天飞舞，希望我能为你添一丝温暖，带去一份炽热，捎去一颗惦念你的真心。涛，你知道的，昨晚十点半开始到现在你就一直没有再回一条信息了，我不知道是怎么回事，但我想应该是没有信号了吧。现在的我呀，才不愿意乱猜测了，我相信你对我的爱，我深信你就是我生命中的另一半，是真正值得我去爱并能带给我归属感和安全感的唯一一个男人！

……

亲爱的，你终于有信号了，我们又可以发信息了！太棒了！亲一下！大宝贝，我爱死你了，快点抱抱我。不然我把我的臭脚放你鼻子那儿熏你，哈哈，其实不臭的啦。

邱宏涛读完信后只觉得血流加速，激动的情绪就如室外呼啸的狂风。他拿着信一连读了三遍，越读越兴奋，他实在太兴奋了，几年的追求终于有了更明确的回音，而且是那样的信誓旦旦，那样的温柔甜蜜，那样的美好明媚。他忍不住地隔着窗，对着格拉冬雪山叫喊起来，刚喊出口，他才猛然想到自己身在宿舍，尖厉的喊叫会引来非议和不解。于是，他不假思索地穿上大衣，大步流星地走出房间，走出营门，不顾漫天的大雪，不顾像利箭的狂风，不顾缺氧而引发的胸闷头痛，一往无前地向着营房前面的草滩快步走去。

积雪掩膝，当他深一脚浅一脚走到草滩回望身后营房时，发现已在千米之外，狂风像一个巨大的音箱将他与外面的世界隔绝开来，他再也抑制不住地高声呼叫："赟芸，我的爱人，我爱你，我爱你，我要爱你一生……"

空旷的原野，一片洁白的世界，只有呼呼作响的风声，裹挟着他放肆的呼唤，越过唐古拉山，先是朝北，然后是朝南，向着远方传播。

他喊累了，喊得嘴唇发乌，喊得气喘吁吁上气不接下气，喊得声嘶力竭，他才停了下来，疲惫不堪地一头扎进雪堆里，即使这样，他还在呼唤。雪粒冻得像一颗颗散落在地上的钢珠，他用自己脸部的温度，用自己的身体，硬是将冰雪融化成了一个西部战士的雕像。

白茫茫的高原，你纯洁无瑕、干净无杂，我不带走一丁点雪粒，我只求身躺在你柔软的怀里，享受片刻的宁静，让爱的幸福融入我的血液，融入我的身心。这是邱宏涛回到宿舍之后，满怀深情地写给他最心爱人的一封回信中的片段。读起来像诗，让人浮想联翩，韵味十足。

两个恋人天各一方，他们用传统的书信传递爱的情感，用语言表达爱的心意，用文字留下爱的足迹，这就是他们独特的人生爱情。丁赟，极富语言天赋，她用词精准，表达流畅，语言俏皮，看了她的信，有时就像一幅画，一幅充满智慧与幽默的漫画，抑或是一幅生动至极的油画。

亲爱的：

我在家里。我蜷伏在床上呢！想象你看见我时，意外欣喜的笑，和快乐的眼光……给我一个拥抱吧？哦，我先还你吻，呵，欠得太多的，不赶时间恐怕还会涨利息吧？

我那么的想你，我知道，很多时候，总是任性不明白你的苦心，让你担忧不已的我惹你难过和伤心。你千万别生气，我哭的时候，是在想你；我笑的时候，也是想你。感冒的那两天，脑袋昏昏沉沉，走在路上，浑身几乎没有力气，剩下的那些力气，我全部用来拼命地想你。……还爱我吗？如果爱我多么不忍心；如果不爱，我多么不甘心。所以我努力喝水，吃些又苦又涩的药，在心里祈求上苍，千万一定要快快好起来，我还要等着你，等你来娶我！

三月了，天气还很冷，亲爱的，你多穿件衣服呀。

有没有穿的我给你邮去？我从单位走到家，很冷，尽管我也穿着大衣。忽然很想你温暖的怀抱，很迫切地想，又不知道真见到你时该如何调整自己的呼吸和步履了。唉，泛滥的思念马上可以收场了。指日可待，对吧？你说你喜欢我对你的依恋，喜欢我对你撒娇，喜欢……亲爱的，我们在一起时，你准备好了么？

六年的鸿雁传书，他们相爱了，信让两个年轻人收获了爱情的甜蜜。

如果说，过去几年他们的通信纯洁就如唐古拉山峰上盛开的雪莲，那么在他们相互爱慕已久，感情升华成为爱情时，两人都不敢相信相隔万里之遥也能产生爱情，而且克服了地域、学识这些巨大的鸿沟，正可谓："蓦然回首，那人却在灯火阑珊处。"邱宏涛对丁赟的表白，丁赟心领神会，两颗年轻的心产生了同频共振，她在回应他隐约表示爱意之情的第一封信中这样写道："我希望清晨推开窗的那一刻，你能站在唐古拉的风云里，腾云驾雾来到湖州，感受我炙热的心意，期待春暖花开的时候……"

下面一封信，是在邱宏涛苦苦追求之后，丁赟给他最明确、最坚决的表态。那是他们在确定恋爱关系之后，丁赟写给邱宏涛的，她在信的开头就这样写道：

你知道吗？每天的每天，我都深深地想你。白天有空时，我习惯了一个人望着远处发呆。夜晚寂静时，我爱一个人看着窗外，想你！思念如天上的云，追随你到天涯海角。如果你也想我了，就抬头看看云吧！亲爱的，我知道此时此刻，你在狠狠地想我。

我真的是一个没有被上天忘记的幸运儿。他安排我们相识，然后深深爱上对方。时间悄悄流逝多少个白天黑夜了，而你，在我心里的位置始终最重。纵使天上众多星星我也只要你这颗，爱上你所有的所有，因为你是独一无二的，你是最棒的。喜欢你对我深深的依恋和不停地呼唤。你是我最美的守候，你的臂弯是我最向往的城堡。等待虽然有些漫长，但这样更显时间的珍贵。我们在精神上是一体的，是分不开的，当清晨第一缕阳光洒向大地时，我能感觉到你微笑的脸看着我。亲爱的，有你我就足够了！

第十二章

　　高原的生活太单调了，在没有任务的时段里，除了装备维护保养、政治学习、执勤站岗就有了闲暇的时间。大雪封山，青藏公路几天见不到一个车影，更别说见到人影。晚上没事了，邱宏涛与小金又来到老班长的宿舍，缠着他讲"温泉河兵站大姐"的故事。

　　老班长说要讲好大姐的故事还得从一部电影讲起。20世纪六七十年代的高原兵最爱看一部电影叫《昆仑山上一棵草》，这部电影是根据王宗元小说《惠嫂》改编而成。

　　卡车在荒凉的高原上奔驰着。车厢里，刚从地质学校毕业，自愿到高原来工作的年轻姑娘李婉丽，有些受不住高原的风沙、严寒，旅途的颠簸和高山反应的折磨，因而产生了回家的念头。司机小刘对她进行了讽刺。他们到达了昆仑山口的一个宿食站——百里闻名的"司机之家"。李婉丽在这里见到了豪爽、热情的女主人惠嫂。这间好似内地一样的小房子里面，充满了笑语欢声，热腾腾可口的饭菜，主客亲如一家。在惠嫂亲切的照顾下，李婉丽感到了无限的温暖。夜晚，惠嫂向李婉丽讲起她刚从家乡来这高原上的令她决心留下来建立起这个"司机之家"的经历，使日夜在高原上奔波的司机们得到家的温暖。黎明，李婉丽和小刘重新坐上卡车，向高原前进。朝阳照耀着昆仑草，李婉丽也对着它发下誓言，决心要把自己的一生贡献给高原，因为惠嫂给她上了极富意义的高原第一课。凡是看了《昆仑山上一棵草》这部电影的高原兵，凡是夜宿不冻泉兵站的兵，都有一个愿望，要到与兵站一墙之隔的养路段去看一眼惠嫂。电影是根据小说编排的，别说见惠嫂，连个女人的影子都没有。在那里汽车兵所见到的是，只有几间半地下的圆形帐篷冷凄凄地挺立在寒风里，几个脸膛被高原风雪吹打得像藏民一样的道班工人，在昏暗的酥油灯下打扑克……

事后，汽车兵们都骂王宗元这个作家太骗人，骗了青藏线上的汽车兵。也有人埋怨自己说，只怪青藏线上的兵太单纯、太痴情。

终于有一天，"惠嫂"的故事由虚幻变为真实，温泉河兵站来了一位真正的"惠嫂"女招待。

汽车兵们都亲昵地叫她"大姐"。这个大姐，就是我前面讲的那个大姐。大姐叫什么名字，兵们一直没有搞清楚，关键是兵们认识大姐当初，兵们问她叫什么名字，她说，你们都比我年龄小，你们就叫我大姐吧。于是兵们齐声应道："对，叫大姐好，又亲切，又自然。"

有人说，大姐是冀中人；也有人说，大姐是沂蒙人。反正是革命老区人。大姐的爱人叫杨秀山，温泉河兵站炊事班班长，是一个参加过抗美援朝作战的老兵，50年代中期转战到了青藏高原，调到温泉河兵站先是在警卫班，后又到招待所。一九六〇年，大姐来温泉河兵站探亲，见到了分别六年的丈夫。大姐当时二十六岁，人长得秀气、水灵，很招人喜欢。两个月的假期，她把大部分时间泡在了炊事班，与丈夫一起忙着淘米做饭、端菜洗碗，招待过往兵站的客人。

据后来老兵们讲，自从大姐住进温泉河兵站，那两个月兵站的粮食比预订计划超了两百斤，可是上下唐古拉山的车辆事故却比同年减少了一半。对此，谁也不敢说就是大姐的功劳，但有一点是无法质疑的，自从大姐出现后汽车兵上线的热情空前高涨。其实，对于这一点根本不用大惊小怪，一个长期守在高原封闭状态下的男子汉世界里突然闯进来一个热情开朗大方漂亮的军嫂，自然会发生可喜的变化。

时间过得很快，大姐的假期满了，谁也舍不得她离开。站领导派了两个代表去送她，送了一程又一程，不愿分手。后来他们在公路上拦了一辆去西宁的汽车，她已经坐车走了，送她的人还立在路边像雁一样伸长脖子瞭望。

讲到这里，老班长又故伎重演停了下来，慢腾腾地抽着烟。小金也不上当，有意说："大姐不就是一个军嫂么，也就是尽了一个军嫂的义务么？有啥好听的，你不讲了，我还不听了呢？"

老班长知道小金在激将他，也就不上他的当，慢悠悠地弹了一下烟灰说："好戏还在后头呢，你不想听？我今天还不讲了，散。"

第十三章

　　在邱宏涛写给丁赟的信中，《昆仑山上一棵草》电影中的惠嫂与温泉河兵站的"大姐"两个一虚一实的女人一时成为他们交流的话题。邱宏涛的立论根据是，驻守唐古拉山上的军人，他们虽然远离人群，看不到女人，但并不影响他们丰富的内心世界的形成，和五彩斑斓情感的闪烁，他们虽不知男女之情，但他们更渴望被人爱，更懂得珍惜爱。

　　从朋友到恋人，邱宏涛与丁赟在时间的航道里行走了六年，只有通信和电话交流，两人虽然相知却未谋面，对21世纪的大多数年轻人来说，简直就是天方夜谭，不可想象、不可思议、不可理解。

　　有人会问，两个年轻人即使相隔再远，高原军人再忙，现在交通如此发达，也可以利用休假时间到湖州见上一面。其实，他们哪里是交通和时间的问题，关键症结在于丁赟父母对女儿与邱宏涛交朋友一开始是不支持的，当丁赟采取迂回、暗示等方式逐渐挑明她与邱宏涛最后发展成为恋人的关系后，父母对女儿的恋爱表示了极度反对。母亲害怕伤害女儿脆弱的心，每日里沉默少语，忧愁满面，有时甚至以泪洗面，自己折磨自己，以期改变女儿的心意；父亲做建材生意，因为生意忙，只能委托兄弟姐妹亲戚朋友来做丁赟的工作。而丁赟又是一个极富孝心的女孩，她不想因为自己的幸福而给养育自己的父母造成情感伤害，她也不想让一个爱自己如此热烈和痴心的恋人因父母的极力反对而陷入情感的绝望。她需要时间，她需要用时间换空间，改变父母的观念，通过做细致的感化工作让父母接受她的爱情主张。

同样，丁赟的父母也在想方设法改变女儿的"错误"决定，为实现成功阻止女儿一意孤行的恋爱，他们是想尽了办法，先是自己苦口婆心地劝，讲利害，讲嫁给军人分居两地的艰难，讲相隔两地的麻烦，讲父母养儿防老的朴素愿望。可无论父母怎样劝说，丁赟就是不改爱的初衷，最后她的父母实在没了办法，只好找亲戚朋友来共同做丁赟的工作。丁赟有一个舅表哥在湖州某部工作，在得知表妹喜欢军人，并且执意要嫁给一个高原军人的消息后，决定主动劝劝这个漂亮可爱、知事理、有才气的表妹。舅表哥以军人爽朗的作风单刀直入地劝她说："年轻人追求爱情没有错，但必须看得远一些，多从现实困难去考虑以后的生活。"

丁赟爱与这个当兵的舅表哥说话，见舅表哥也加入了劝说队伍，便笑着说："考虑那么多还叫爱情吗？"

舅表哥见好看又有才的表妹不为所动，于是进一步劝她说："你们虽然通信时间长，可从来没有见过面，你们的感情只是建立在通信的虚幻之中，现实中的人究竟怎样，还很难说。"

丁赟听了笑着对表哥说："男女谈恋爱方式很多，媒人介绍式，一见钟情式，自由恋爱式，我们是通信式，谁说通信就不能识人，谁说写信打电话就不能谈好恋爱，我虽然没有与他见过面，但我见过他不同时期的照片，我虽然没有与他面对面交流，但我与他在不停地通信，不停地深入了解。我们通信，也不是空谈爱情，我们会谈人生、谈理想、谈个人的梦想与追求、谈未来的发展前程，有时还就一些敏感的问题展开讨论，这种通信交流，绝不亚于两人卿卿我我。通信也能看出一个人的优点和缺点，通过他的语言和表达，看出这个人的思维能力。"

舅表哥笑笑说："不愧是才女，能说会道。我知道你喜欢军人，可你要知道，你找的是一个高原军人，那里艰苦程度你知道吗？你想过结婚之后两地分居的实际困难了吗？何况他还是一个士官，士官能有多大的出息呢？"

丁赟听了很生气，当场就想站起来走人，但她还是耐着性子，听舅表哥把话说完，然后面带愠色地说："表哥你说得对，我从小就喜欢军人，长大就想嫁一个军人，可我并不是什么样的军人都嫁。高原军人怎么了，他们在如此艰苦的环境里工作，才更知道生活的苦甜，更知道爱情的珍贵；艰苦的环境使他们的性格更坚毅，心地更善良，品格更纯正，哪像你们内地的少数军人，吃不得苦，受不得罪，为人不实，满嘴的油腔滑调，常以恋爱为由，挑三拣四。你说他是士官不假，没有士官，哪来你们军官，难道士官就低人一等，不值得姑娘们去爱？"

舅表哥被丁赟连珠炮一般的发问，给问得哑口无言，好一会才支支吾吾地说："小妹，我可是喜欢你、爱护你才说这一番话的，我看你确实喜欢军人，明天我就带一个文武双全的军官让你见见，有比较才有鉴别，保证你们一见钟情。"

丁赟不加犹豫地说："小妹我谁也不见，我就嫁给你们都不看好的邱宏涛了。"

表哥碰了一鼻子灰，只好夸奖她意志坚定，爱情专一，从此以后不再提给她介绍军官的事情。丁赟就是那种性格坚定不移的人，在她的内心里有一片纯洁得如格拉冬常年不化的雪山一样的天空，她有着自己爱情观的坚定理想，就是要抛开一切物质的东西，寻找自己真正的爱情。邱宏涛就是她从十八岁开始，用了将近六年时间精心培育的爱情，她不会因父母和亲戚朋友的反对而放弃自己的爱情追求。

生活平静下来，没有人再来劝导她，也没有人登门为她介绍对象，她与邱宏涛的事成了她自己心中的秘密，她不说谁也不会知道，因为是通信，谁也发现不了他们继续热恋的蛛丝马迹。丁赟就这样秘而不宣地进行着自己的爱情，在平静与理智之中她安下心来，推进自己青春时代为之骄傲的甜蜜爱恋。他和她共同孕育的一场爱恋，就像大地怀抱里一颗无名的花朵，天生要生长，要开花结果，要灌浆成熟。

经营爱情就像蜜蜂酿蜜，没有勤劳花粉就不会变成蜂蜜。爱情需要用心、用情、用力，丁赟在信中以静制动来表达自己炽热的心：

这些日子天天都下着雨，倒也图个凉快，晚上也能舒服一点，不会那样闷热了。

亲爱的，你那边的情况如何？一定是一年中最美好的时候吧，不会很冷了？我真想去，我也要去避避暑了嘛！涛，现在你要开心要快乐，等我在你身边了，你再考虑生气吧！呵呵！

静心则专，静思则通，静默则熟。这十二字我写得大大的，放在我自己的桌前，我要用它勉励自己，静静地、默默地守候远在高原的爱人，等候他的到来，等候他给我毕生的幸福！亲爱的，雨停了……

你放心，我深信和你的结合，你好比一颗尘埃，我是一颗微尘，然后你我这两颗尘埃间加了一点点忧伤的眼泪和成长的水分，接着我们就变成了一个整体，怎么也分不开了……呵，亲爱的，是不是呢？哈哈。

宝贝，还记得么？你是风，我是云，风永远是抱着云的，云飞到哪都是因为风的功劳。亲爱的，现在我要是能化作一片云，我就要飞过西藏的山头，穿过布达拉宫，然后，我这朵轻轻的云就能停在了我心中的天堂——唐古拉泵站邱宏涛身边，哈哈……

祝快快乐乐！

爱你的芸儿

邱宏涛收到这封信的时候，已到了八月初，当时正是泵站输油高峰，整日的机器的轰鸣，室内风扇的高速运转，使机房更加处于高度缺氧状态；一连几周的加班，邱宏涛的嘴唇乌中发青、青中发紫，就像刚得了一场大病；他的大脑也处于麻木状态，为了完成任务，他咬着牙坚守岗位，像机器人那样不知疲倦地工作。他是班长，那些老式的柴油机只有他能够手到"病"除。站领导几次强迫他休息，只因半夜里机器突然坏了，其他人又一时无法修好，站长一狠心地派人将他从睡梦中叫醒。好在经过半个月的紧张突击，输油任务在八月初得以顺利完成。睡了一天一夜的邱宏涛在第二天早晨醒来时，发现桌上有一封未打开的信封，那字迹、那湖州的落款，不看内容都知道是心上人丁赟写来的。他脸也来不及洗，直接拿起剪刀，剪开信口，展平信就读了起来。丁赟的信就像一针强心剂，让他越读越兴奋。吃罢早饭，他干脆装上信，一个人到了离输油泵站千余米之外的河边，他要一边读信，一边享受高原八月绚丽的景色。

八月的唐古拉山不再是荒山秃岭，不再是荒无人烟，那些隐身的荒草成了高原的绿洲，牧民的牦牛、羊群经过千里跋涉也来到了无人区；宽阔的河床，被清冽冽的河水挤得满满当当，几只水鸟在那波光闪闪的河面上上下下跃飞，膘肥体壮的牦牛悠闲地在河边饮水，几只乌鸦站在牦牛那宽阔的背上吃着它们最喜欢的寄生虫；远山的雪线收高了不少，那白茫茫的地平线宛如夏日里的少女超短的裙摆；蓝莹莹的天衬着白云，有的像一匹奔跑的马，有的像一朵盛开的花，有的像一个婀娜多姿的少女，反正千姿百态，因为没有风，她们像是被固定了，在头顶上一动不动。躺在河滩上的邱宏涛一边读着信，一边看头顶上的白云，他在心里想，哪一朵云彩才是自己心爱的芸呢，啊！那朵飘在河面上空的就应该是吧，她就像下凡的仙女，让人看了无不心动；她就像是要落下来亲吻大地一样，离河面是那样的近，近得几乎贴着河面。

第十四章

　　又是一个周末，过完党组织生活，老班长因为高兴，主动给邱宏涛和小金两个心爱的徒弟讲起了故事。老班长一边弹烟灰一边问小金，"上次讲到什么地方了？"小金笑着说："大姐离开温泉河兵站了。"

　　老班长说："看来你听得挺上心，那我就接着讲。"

　　大姐对送站的两个士兵说，你们回去吧，我和你们班长商量好了，回家把家安顿好了就回到温泉河兵站，与弟兄们一起工作。

　　当时两个兵还不太放心，回去后就问他们的班长杨孝山，杨孝山当即就点了头。大姐回家后，一大家人听说她要上高原，都劝她慎重考虑，不要任性，那地方是男人守边关的地方。大姐的父母亲更是好话说了一箩筐，可大姐就是铁了心要上高原。

一个月之后，大姐真的回到了温泉河兵站。当天夜里，送走了前来热闹的战友，屋里只剩下了小两口，杨孝山实实在在地问："温泉河兵站海拔五千多米，条件艰苦，你却愿意来，到底是爱我还是爱这里的战士？"

大姐也不直说，反问道："你难道不知道？你说我爱谁？"

杨孝山半开玩笑半认真地说："我看你是爱来来往往的战士。"

大姐甜甜地笑着说："爱战士不行吗？爱老公不好吗？"

杨孝山一把将媳妇揽在怀里说："我媳妇真是好样的。"

温泉河兵站那个地方，海拔高，终年积雪不化，严重缺氧。人待在那儿让人没有一块舒服的地方，一般人都会头疼、气喘、耳鸣，吃饭没食欲，睡觉不安稳。高山反应严重的人过不了"温泉"这道关。

汽车兵有句口头禅："温泉不留人，留人要你命。"

邱宏涛担心地问："大姐一个女人能行吗？"温泉河兵站确实是一个让人发怵的地方，一般情况下，汽车兵都是停车加个油，吃一顿饭，油门一踏蹿过了山，赶到唐古拉山那边的安多兵站去住宿。自从大姐到来之后，温泉河兵站高山反应退让了，过去士兵们躲都不及的地方，现在士兵们争着要在温泉河投宿，去吃饭。

小金插嘴说："那些士兵一定是为了看大姐一眼。"你说得没错。大姐不仅人长得好看，而且心特别善良。每次士兵们吃饭前，她都会端上一盆冒热气的胡辣汤，让战士们先喝汤，后吃饭。

战士们都说大姐的"热汤暖心"。

大姐不仅胡辣汤做得香，而且病号饭做得好。只要报了病号饭的，大姐都会亲自上手，特地给做一碗挂面，那挂面里还会卧着一个荷包蛋。

大姐荷包蛋做的讲究，好看，别致，蛋清摊开，成小碟状，蛋黄半开半合地立于碟中央，几丝红萝卜绕蛋黄而放，活脱脱一朵荷花。那荷包蛋成了十全大补，不仅补身子还补心。不少没有病的战士，为了吃上荷包蛋，谎报病情，为的是蹭一顿病号饭。于是就有了很有名气的顺口溜："走千里青藏线，最爱吃温泉河兵站的病号饭。"

邱宏涛说："让我看不是病号饭好吃，而是大姐长得好看。"

有一个老兵班长，为了吃上病号饭，一过五道梁就喊头疼，有高山反应，到了温泉河兵站，大姐就给那老兵做了一碗挂面病号饭，他吃下一碗说肚子没吃饱，大姐又给他做了一碗。带队干部劝老兵高山反应少吃点，可那老兵硬是把第二碗挂面吃了个精光。吃完后仍然说没吃饱，大姐只得再给他下了一碗，就这样他一连吃完了五碗鸡蛋挂面，才满意地说："吃饱了，真过瘾。"

大姐问吃得满头冒汗的老兵："头还疼吗？"老兵拍着脑门说："见到你之后就不疼了，要不哪能吃五碗面、五个鸡蛋。"

大姐开心地笑着说："我成神医了。"

邱宏涛问老班长："老兵姓啥，咋这么逗？"后来老班长从一本书上查证，老兵叫戴成欣，陕西宝鸡人。士兵们之所以喊他戴老兵，原因是他资格老。

小金快言快语地说："戴老兵一定有什么想法。"戴老兵一连吃五碗病号饭的成功"病例"很快在青藏线上传开了，温泉河兵站本来就很神秘的荷包蛋也就更加神乎其神了。几十年间，青藏线的汽车兵们为了对付顽症高山反应，发明了许多土方妙法，首屈一指的应该是大姐的荷包蛋。

戴老兵在大姐的心中也留下了特殊印象。有一次，戴老兵真的病了，又吃了大姐下的挂面和打的荷包蛋，这一次戴老兵没吃五碗，在吃过两碗后，拐弯抹角地对大姐说："大姐我总觉得你长得像一个人。"

大姐也许是故意不让他说出来，有意回避说："世界之大，无奇不有，天底下长得相像的人太多了。"

戴老兵第一次吞吞吐吐地说："你，你长得像我妹妹。"

大姐反问道："你妹妹，你今年多大了。""二十五岁。"

"你怎么不问问我的年龄？我实话告诉你，你大姐我今年二十六岁了，天底下有妹妹比哥哥还大的道理吗？"

"我只是说你长得像我妹妹，又没说你就是我妹妹。"

大姐听了不再言语。过了好一会，戴老兵才又说："你确实长得很像我妹妹。可是我那小妹已经死了，如果活着，今年整整二十岁。"

大姐对戴老兵的家事略知一二，便心疼地说："你不是说我长得像你妹妹吗？姐姐本来就应该跟妹妹长得像嘛。"

戴老兵动情地一步上前，叫了一声"大姐"，便伏在大姐的膝盖上哭了起来。当年他小妹离开人世的时候，他也是哭得那么伤心。

当时因为大雪封山，戴老兵的连队三天后才重返兵站，戴老兵病好了，可他是一个闲不住的人，他对大姐说："你给我派点活吧，不然手痒痒了。"

大姐爽朗地说："你舍得流大汗出大力，那就跟我背冰去吧！"

一条冰河正好把温泉河兵站绕了半个圈。兵站的圆木房在银白、透亮的雪白世界里就像一个童话王国。只是在寒风的肆虐下显得比较苍茫。

第十五章

如果冬天来了，春天还会远吗?

听了老班长讲的故事，邱宏涛怀着激动的心情把戴老兵吃五碗面、五个荷包蛋的故事写在给丁赟的信中，并畅谈了自己的感想。在他穷追不舍不懈的努力下，他与丁赟终于由朋友升华成为正式恋人。他们的恋人关系，不论是过去时的媒妁之言，还是新时代的自由相许，有一点是非常明确的，那就是他下定了决心非她不娶;而她也立下爱的誓言，非他不嫁。既然是恋人，就必须见面，就不能只是纸上谈兵了，何时才能相见，邱宏涛又开始了他苦苦的追求。当然，丁赟也想见到自己梦中的情人，可是无论她怎样暗示，怎样讨好母亲，可母亲因为爱她，对她的请求心如铁石一般，坚决不答应女儿跟邱宏涛相见，更不答应自己的宝贝女儿嫁给一个高原军人。没有母亲的同意，邱宏涛即使来到湖州，也无法住到家里；即使不顾一切地住进了家里，也无法得到父母的接纳与认可。

在那段时间里，可让丁赟为了难，她既不能与父母拧着劲、对着干，又不能如实写信告诉邱宏涛，说父母反对、不同意他们的婚姻，她只能把事实上的不快压在心里，把信写得更加温情甜蜜，她相信时间能够帮助她解决人生的难题。相反，蒙在鼓里的邱宏涛，执着地在信中、在电话里、在短信中，就像过去催要她的照片一样，是不达到目的誓不罢休，每次写信讲得最多的是何时能够相见。

再甜蜜的爱情也有她不如意的一面。可以说，越是两情相悦的爱情越会遭受更多的麻烦，越是内心甜蜜的爱情越是承担着更多的痛苦。当然，这种相思之痛，让父母不接受之痛，也是痛苦中的甜蜜。丁赟在信中这样写道：

亲爱的：

今天下班一回来洗完澡我就躺床上了，电视也没开，衣服也没洗，不是我懒，而是因为想你，猛然间抬头，只见墙上的闹钟快八点了。就这么傻乎乎地想了你两个多小时，你是我的空气，离开你生活没有任何意义。想你的感觉是甜的，很甜很甜。我们的这场爱就像一场拉锯战，进行着、渗透着……当我还是一个懵懵懂懂的女孩时，对你就有了一种特殊的感觉了，你一直不信，一直说我对你不冷不热的，当我用脑子思考问题，没有一时冲动而是很理智地作出决定后，我从来没有一丝后悔过。我时常为我们的爱情而激动，不知道用什么言语来倾诉我心中那一刻最激动的一面。我只能在心底暗暗发誓，让自己用最诚的一面辅佐你，只能尽力支持让你在工作中充满干劲，在生活中没有为难、没有烦恼，在你和我的父母不和谐中采取不伤害任何一方的方法……

　　说到这，我要告诉你亲爱的涛，今天下午发生的事，人家都羡慕我呢，羡慕我有这一个好对象，连那个男的都说怪不得小丁这么文静，那么神秘。呵！今天我一直都在等你的信息，早上没有，中午没有，下午盼望中，我把手机放在办公桌上……快吃晚饭的时候不见了，我找遍了办公室都没有，完了，又丢了。我绝望地用办公电话拨打自己的手机，关机。我知道自己并没有关机，只有一种可能被人家拿走了，细想，今天没有什么人进来过，进来的都是一些同事，不会那么缺德偷走我的手机吧，我问了所有进过办公室的人都说没见没拿，下班时，我垂头丧气地去打卡，那个主任突然对我吼了一声："你把手机放我这干什么？"我傻了，我都没离开过自己的办公室怎么会跑到主任办公室呢？而且是从四楼到一楼，我明白了，这个主任上去找资料就偷偷把我的手机拿走藏了起来。不过今天我没生气，因为我自豪我骄傲，你给我发的信息是别人都没有体会过的幸福。不过你放心，从明天开始我一定要保护好手机了，不能让它离开我一分钟。

亲爱的，你刚才在短信中说老天有眼，因为让你有信号了。呵呵，可能是我们这对"牛郎织女的故事"感动了苍天吧！有如此一对恩爱的恋人，它怎么忍心呢！……

天亮了，五点零七分。亲爱的，还是没有信号。你睡得好吗？一夜做了两次梦，都是和你在一块的，唉，想死你了，可能是我在想吧，幻想，梦里我还在学校里呢，不知是我怎么知道的，课也不上就跑出来找你，天空有雾，很不好找，你也在一个什么地方叫我，可就是找不到你，难道像……像郭靖在桃花岛一样迷路了吗？呵呵。还有一个梦没有具体情节，只记得你告诉我说，我怎么觉得你穿平跟鞋比高跟鞋还高。哈哈，笑死我了，你讲什么呢，不过就为这，我今天要穿平跟鞋，哈，有趣吧！亲爱的，满床都是你的照片，你一定想我了，不要难过啊！七十一天了！我再眯一会就起来了，你也睡吧！

"金风玉露一相逢，便胜却人间无数。"为相爱的人等候，哪怕是地老天荒，海枯石烂，但是想着那一相逢，抑或是承受炼狱般的苦痛，也能挺过来……

爱是缘分，是感动，是牺牲，是体谅，爱是一辈子的守候！

甜蜜情感的冲击，让丁赟在冷静中做出豪放的决定，她要让灵魂和身心享受爱的甘甜和鲜露，让时间的缠绵变成爱的温柔，让皑皑的雪野与江南风光来一次纯美的融合，让爱的誓言裸露在江南明媚的春光里。

丁赟自下定决心，便开始按自己的意志行事，她在给邱宏涛的信中，定下了见面的日子，她要把爱的渴望变成爱的现实。自此以后，她和邱宏涛的通信、电话往来不再堆砌于憧憬和虚幻的山盟海誓之中，而是对未来生活进行规划，实实在在，比过去任何时候都更加频繁。他们共同定了具体见面的地点和日子，明确了循序渐进的方式，用生命许下了诺言，一再表示，只要在湖州见面，无论遇到什么阻力，也无论情形多么不好，都不再征求任何人的意见，哪怕是父母的意见，来个先斩后奏直接领取结婚证，让爱情的形式变为婚姻的现实。

丁赟在做出人生又一重大决定后，爱不再是纸上谈兵，爱不再是虚幻的海市蜃楼，见面就成为夫妻，见面也就成了他们的期盼与渴望。随着时间的临近，一想到八年依靠通信和打电话而未曾谋面的心上人相见，他们无不热血沸腾，常常为此激动得失眠，两人都急切地每天数着日子，为的是那一天的相见。

山盟海誓不是形式，是爱的升华和坚定意志的确立，同时也是称谓的渐进。丁赟在给邱宏涛的信中，由宏涛变成一个字涛，由亲爱的，变成老公，这就是爱的历程留下的爱的脚印。她在一封信中这样写道：

老公：

我可以这样写吧？第一次哦，给点鼓励嘛。我手都出汗了，字都不会写了呢！你此刻给我发的短信却是这样子的："你就没打算给我写信吧,你打算了?打算了还写不出来呀?"真是好凶啊你,呜呜呜……你还忘恩负义地说"老公疼你是没有得到你的好心啊!"你气我?好啊,我偏不上你的当!

老公,你比以前狡猾了很多,知道吗?但是我也没有办法,在任何时代不是都说感情才是最大的冒险嘛。因为种种冒险行为大不了一死,但感情的折磨却让人生不如死,可还会坚持,不会后悔。

我担心你。你说下雪了,想必一定又会冷了吧?你又那么容易感冒,风一吹就会,别否认!我还没说完呢,要用事实举证么?没问题,公元二〇〇四年九月十三日下午你说抢修管线,回来就头疼,够了吧?所以我要你好好的,开开心心的,每天都不可以不去吃饭,知道了吗?

那些美丽的,算是带有一丝暖色伤感吧,曾经的现在的,我出生在秋天,你我相识亦是秋天,所以秋天我觉得是暖色伤感的季节,遥远的你是否愿意为我轻轻点起一丝暖意……所以我要你开心得过每一天,照顾好自己,让秋天变得温暖却没有伤感。你看,落日的余晖染红了西边的天幕,劳累了一天的太阳也经不起山那边的诱惑,背叛了我们逃也似的离开了,多么叫人伤心,所以我更要吃饭,好好照顾自己,珍惜自己。

你在信中讲的"大姐和戴老兵的故事"很感人的,我看后想了很多,大姐太了不起了,戴老兵也太有意思了。

我因为有你，始终觉得生活很美，无论走到哪里，你满含柔情的目光都会把我注视，充满挚爱的心都在为我祝福。

明天我休息了，上午是没有空写了，你要我寄么？要，那我不写了。愿你永远快乐，永远幸福，永远年轻，永远坚强！

身处无人区的邱宏涛从丁赟的信中读到的不仅仅是丁赟对爱的认识、爱的看法、爱的理解，以及对爱的相思、相恋，他还从她的信中读到了丁赟的善良，本性的美好，还读到了很多在唐古拉山单纯得无法见到的大千世界里的繁杂生活。丁赟的信对邱宏涛来说，是他能有另一只眼睛看社会的窗口。当然，这个窗口里的风景，多半是经过丁赟那美好心灵过滤了的美丽图片，她要让邱宏涛的心灵始终保持像高原雪山一样的纯洁、一样的阳光。

第十六章

老班长讲唐古拉山和一代代守着唐古拉山上战士的故事像说书一样，一章一章地往下讲。时间久了，听故事的人慢慢地形成了精神依赖，管上十天半个月不听，你就会想得慌。

又是一个星期天，闲来无事，邱宏涛与小金再一次主动找上门，请老班长继续讲"大姐领着戴老兵背冰"的故事。小金几次对邱宏涛说，荒无人烟的冰雪世界，一男一女去背冰无论如何都应该发生一点事情。

其实长此以往老班长摆"龙门阵"也讲出了瘾，相隔几日要是不摆上一场，他心里也会痒痒。因为在荒无人烟的唐古拉山，谁都寂寞，爱讲的人不能一个人对着墙讲，有听众听他才讲得有意思。星期天站里休息，见两个徒弟又主动找上门来，也就没有丝毫推辞，兴致勃勃地开始了他的讲述。

你们不知道那时候的兵站条件是多么的艰苦，你们也永远想象不出来，那时温泉河兵站用水、吃水全靠化冰而来。因为温泉河兵站几乎一年四季冰封，每一滴水都凝固在冰里。半绕兵站而过的那条温泉河，只有在盛夏很短的日子里才会溢满河道，高原军人的脸上被解冻的笑容还没完全展开，小河又悄无声息结结实实地封冻了。刚开始兵站雇了一名藏工背冰，不知道是什么原因，有一天藏工走了。谁来背冰？只有炊事班的战士，这里面就有大姐。

每逢背冰的日子，大姐总是天刚蒙蒙亮就起床，直背到天麻麻黑。背冰太费力气了，有人给她说，找个扁担去挑吧，挑冰比背冰要省力气得多。于是，她又挑着两筐冰走在雪山上。

不少老兵都说，大姐太能干了。

大姐走在前头，戴老兵跟在后头。因为只有一根扁担，大姐说，没有那么多扁担，咱们都背吧。戴老兵说，一根扁担没关系，我来挑，你空着手就行了。我挑一担冰肯定比咱俩背的还多。于是戴老兵挑冰，大姐背冰。这一天，他们又挑又背十多趟，二十四堆冰码成了一个小山，将装水的库房都码满了。

大姐用沾满冰碴儿的手抹了抹脸上的热汗，满意地对戴老兵说："你真能干，谢谢你了。"

戴老兵忙说："别谢我，我应该感谢你才对，这些冰最终是让我们这些过往的汽车兵吃了、用了。"

大姐说："我是以招待员的身份感谢你。"

事隔不久，一场"兴无灭资"的运动开始了。温泉河上那幅藏家女和兵们欢乐劳动、相得益彰的美丽事情，竟然被人说成是有损军队形象的龌龊画面，而戴班长也因为"泡病号"与大姐称姐道弟而落了个说不清、道不明的男女关系，受到了严厉的批判。

小金忍无可忍地说："也太'左'了吧，多好的大姐啊。"

邱宏涛也赞美地说："像大姐这么善良的好人生活在那个年代，是多么的不容易啊！"

老班长继续讲道："一个生长在内地的女青年，抛弃了家庭的温暖、称心如意的工作和对亲人的依恋，在遥远荒凉的世界屋脊，在女人不敢来的地方，在当时也没有几个能像大姐一样。"

最终，大姐作为"叛逆"的典型，准备发落回乡，离开她本不该来的唐古拉山。

在关键时刻，戴老兵却出事了。

第十七章

　　他们两人你来我往的频繁通信，爱在时间的长河里被拉得情意绵长。随着人生的岁月的增长，随着见面约定时间的临近，两个年轻人的心无不急切地盼望着那约定时间的到来。

　　丁赟虽然在家里、在父母面前尽量掩饰自己激动的心情，可她不停地购买时尚的新衣服，比过去更爱照镜子，话也明显地多了起来，更多的时候更爱把自己一个人关在自己的闺房里打电话、写信，这一系列不同寻常的举动，最终引起了她妈妈的注意。

　　那是一个秋雨绵绵的上午，一个可以让丁赟睡懒觉的星期天，柔软细密的秋雨，像一首永远弹奏不完的轻音乐；屋檐的雨水像无数根细线织成了一道密集的窗帘，院子里的桂花树和各类盆景树叶也被秋雨浸润得越发晶莹透亮。丁赟因为昨晚给邱宏涛写信睡得晚，天亮好久了还沉陷在甜蜜的梦乡里。丁赟的母亲早早起了床，在做好早饭之后，也没心思吃，搬了一把椅子坐在门口，看着细密的秋雨。她昨天夜里没有睡好，满脑子想的是如何劝说自己的宝贝女儿，如何能够感动宝贝女儿使其回心转意。丁赟终于起床了，她并没有急着走出屋，而是站到窗前，看那绵绵无尽的秋雨，看着看着，她又想到了高原，她在想唐古拉山下没下雨，如果不下雨，飘了雪花没有，她拿起电话，给邱宏涛打了过去，手机里很快给予了回答，不在服务区。又没了信号，她只好发短信，她说，我这里下小雨了，雾茫茫的，不知你那里下雨了没有，如果没下雨，一定飘雪花了吧。昨晚，我又梦见了你，我们在雨中散步，你撑着雨伞，我挽着你的手臂……在她刚发出短信，正准备开门走出屋时，门被敲响了，她赶忙开门，只见母亲站在门口，眼圈发黑，眼袋下垂，一脸的憔悴。丁赟心疼地问："妈妈，你夜里没睡好吗？"

一向沉默寡言的母亲硬是挤出一丝笑容说："哪里睡得着。"

丁赟关心地拉着母亲的手说："妈妈，有什么愁心的事？"

母亲说："你去洗脸，吃了饭我们再说。"

丁赟点了一下头，她在心里想，难道是母亲与父亲闹矛盾了，难道是父亲的生意遇到麻烦了，还是弟弟读书的事。她边洗漱边想，她终于想到，一定是自己的举动引起了母亲的警觉。她想如果是这样也好，正好与母亲挑明，把下定决心嫁给邱宏涛的想法说出来，并做好母亲的工作，通过母亲再做父亲的工作。有了这个想法和打算，她三下五除二地洗了脸，早餐是豆浆和油条。家里就她和母亲，外婆走亲戚去了，弟弟在外读大学，母女俩坐在桌子旁几乎没有说话，都在想着自己的台词，如此一来，早餐就吃得越发的快。吃完早饭，丁赟搬了一把椅子放在大门的北面，与母亲面对面地开始了交谈。丁赟的母亲平常话少，说话也就简洁，她说："婚姻是大事，可不能当儿戏。"

丁赟笑着说："所以我才与邱宏涛通了七年的信，确实志同道合心心相印才决定嫁给他。"

"你们一次面都没见吧？"

"是的妈妈，可我见了他的照片，在信中和电话里对他做了深入的了解。"

"谈对象重要的是谈，面都没见，怎么谈？""谈对象不一定非要见面谈，写信、打电话同样可以了解一个人。我感到，认识一个人，走进他的内心，文字是最好的途径。"

"文字能了解一个人的脾气和秉性吗？文字可是码出来的。"

"妈妈，当然可以呀！从大量的通信中，我发现邱宏涛不仅性格敦厚，而且本性善良；他不仅关心人理解人，而且有责任心和耐心。我们通信七年，他从不为了自己而为难我，在我们通信第三年之后，他一次次写信要我的照片，那时我还没有想好做他的恋人，所以我没把自己的照片邮给他，他没有生气，而是持之以恒地写信；在我们确定恋爱关系后，他又无数次提出要到湖州来见我，看望你们，我没有马上答复，一方面我还没最后下决心嫁给他，再说了也还没有得到爸爸妈妈的同意。"

"就算你了解他，可你想过嫁给一个高原军人之后的困难了吗？"

"我想过呀！不就是两地分居长相望。"

"芸芸啊！哪有你想得那么简单，一旦结婚了，有了孩子，他在高原，你在内地，谁来帮助你，养育孩子可不是一个简单的事情，麻烦多了。"

"妈妈，这些我都能克服，只要你们同意，我到时候不给你们增添任何麻烦。"

"可我是你母亲，你是我身上掉下的肉，我不忍心你受苦，往苦海里跳。"

"妈妈，你别说的那么可怕，我不会往苦海里跳的，只要你们同意，我和邱宏涛结婚后，会幸福的。"

"他家在汉中，那么远，你们结婚后，你住到哪？"

"自然是住到汉中，嫁鸡随鸡，嫁狗随狗。"

"工作怎么办？石油公司多好的工作啊，你到汉中是找不到的，你就别天真了。"

"妈妈，为了爱就得付出，天下哪里有'鱼和熊掌'兼得的好事。"

"就算你工作不要了，难道你就那么狠心抛下父母不管了吗？"

"妈妈，看你说的，你从小把我养大，付出了那么多，我怎么会不养你们，你们现在年纪还不大，待你们六十多岁干不动了，我就把你接到汉中，给你们养老。"

"汉中，那么远，我不去，去了你弟弟怎么办？"

"到时候，你们可以在汉中住一年，想弟弟了，可以回老家弟弟家住一年。"

"你说得轻巧，汉中，那么远，坐火车倒汽车，多难，我不同意。"

"妈妈，你要是为了女儿的幸福，你就同意吧！"

"我怎么就生下了你这个如此狠心的女儿啊！"丁赟的母亲说完就哭了起来，那泪水就像屋外的细雨接连不断。丁赟见母亲哭泣，一时也没了主意，心仿佛碎了，眼泪也禁不住淌了出来。

母女俩哭过之后，又开始了情感拉锯战，都想以情感人说服对方，都想让对方妥协，都始终坚持自己的观念正确。母亲坚决要求女儿嫁在湖州，哪怕是嫁一个家里条件差的都行，苦口婆心地劝导，努力试图让女儿明白，靠通信建立起来的爱情是多么的不切实际，是多么的脱离现实生活，活脱脱的海市蜃楼。一向不善言辞的母亲，今天似乎特别能说，而且是一套一套的。可怜天下父母心，她可是从心底里希望能说服丁赟，不要再往前走了，与那个不曾谋面的高原战士一刀两断，让她在信中狠下心肠严词拒绝那痴心的战士不要来到湖州，就说我们家有很多的实际困难，而且父母明确表示坚决反对。丁赟听了并不肯接受，说在个人婚姻大事上不能让步，无论谁反对都无法阻止她嫁给高原军人邱宏涛。最终，她们母女谁也说服不了谁，以泪洗面就成了每一次谈话的结局。丁赟的母亲也很无奈，因为她要陪着丁赟的父亲在外做建材生意，所以在家住几天之后就得到外地，过一段时间又不放心地回来，试图以母性的温暖来感化女儿，让她放弃与那高原战士相见。做母亲的知道女儿的个性，只要女儿与那当兵的见面，一切都将不可挽回。

那一年，丁赟为争取父亲的同意采取书信的方式不停地给父亲写信，让父亲相信自己的选择，让父亲理解自己的爱情，让父亲爱女儿就不要干涉女儿的婚姻。每一次收到女儿的信后，丁赟的父亲都会拿着信去找丁赟的姑父拿主意。之所以找姑父，原因是姑父是一个见多识广有身份的人，再加上丁赟的姑姑和姑父家有两个女儿，在处理女儿婚姻大事上有自己的经验和教训。姑父的大女儿年轻时自己也谈了一个对象，就是因为是外地的，遭到姑母的严重干涉，最终大表姐屈于压力，按照他们的意愿找了一个女婿，婚后一直吵吵闹闹不尽如人意。二表姐虽然亲历大表姐婚恋的全过程，却也无力反抗家庭以爱的名义为自己安排的婚姻。二十五岁那年，在"与时俱进"的包办婚姻中结束了自己无限憧憬的美好，按程序风光无比地完婚了。二表姐夫在家排行老二，家里开着工厂，在当地很有名气。结婚后两人是磕磕绊绊，矛盾不断，原因在于那家人，大儿子能力强、本事大，在父亲年老后，接管了整个家族企业；二表姐夫因为干事不爱操心，安于现状，在家里没有什么地位，二表姐为了自己的利益，常据理力争，可效果并不理想。刚开始有过离婚的想法，后来一双儿女一天天长大，只好放弃离婚的打算，浑浑噩噩过着没有爱情的生活。每一次，丁赟的姑父在看过丁赟的信后，都觉得丁赟说得入情入理，于是就拿自己家两个女儿的婚事当事例，劝丁赟的父亲最好尊重女儿的选择，儿女谈对象究竟合不合适，只有她本人最清楚，就如一双新鞋，挤不挤脚，只有本人最清楚一样。在儿女婚姻大事上，最聪明、最明智的办法，是只提参考意见，不要主观做决断，更不要有私心，棒打鸳鸯。在那段时间里，邱宏涛也以写信和电话的方式不时与丁赟的父亲进行沟通，介绍自己的情况，表达自己的心愿，使丁赟的父亲了解高原，了解高原军人的责任、使命与奉献，以期让丁赟的父亲相信军人的忠诚，更希望丁赟的父亲相信他的能力和对爱情的担当。邱宏涛的信基本上是泥牛入海，丁赟的父亲根本不愿意与这个万里之外仅凭一纸书信就把自己心爱的女儿弄得神魂颠倒的小子讲话，电话里他常常讲不到三句就以生意忙而挂断电话，有时邱宏涛反复不停地拨打，他会将手机一关了事。对此，邱宏涛既伤心，又深深感到丁赟是多么的不易，内心里也就越发爱着这个外表柔弱内心坚强的江南女子。

在拉锯战中，谁也没能说服对方，相反各自的态度更加鲜明、更加坚决。每次与父母进行无效的沟通后，丁赟不但没有灰心丧气，反而更加激发她对爱情和自由的渴望，更加想念那个在万里之外与自己共筑爱巢的邱宏涛。在她相思的梦乡中，她一次次在梦里与一身戎装的邱宏涛行走在高原的雪地上，一次次在梦里与邱宏涛行走在家乡的湖堤上，有一次她竟然梦见自己与邱宏涛手拉手行走在那白堤上，那是他们约定相见的地方，说好了她到杭州去接他，在杭州游玩两天之后再回湖州。还有一次她竟然梦见她与邱宏涛相拥入眠睡到了一起，那一整天她都在回味那难以启齿又让她回味无穷的梦境。她想他，她就给他写信，只有信才能完整地表达她的感情。他们以一如既往的热情和过去一样的通信，但再也不像过去那样动不动担惊受怕，因为她已经将自己的想法和打算毫无保留地向父母倾述了衷肠，把自己的意志和决定向父母交了实底、摊了牌，无论是阻拦还是拒绝已经无法改变她嫁给邱宏涛的决心，因而她在给邱宏涛的信中的口吻变得如同夫妻一般，她深信没有什么可以扰乱他们的梦想和见面的决定。丁赟一改过去亲爱的称谓，她在一封信中将自己的相思之情祖露无遗，她在信中这样写道：

老公：

　　今天我不是一个好公民，我折楼下的桂花树了！别说我哦，我就忍不住了，我明天可是很想给你邮信去，我就折了。自从认识了你，我发现个人素质得到了提高嘛，可惜今天我都折了花，以后不了，和你一块闻闻就够了啊。

　　老公，昨天夜里又梦见你了，梦里与你在一起，这证明很想你了，很想的。无论父母怎样反对，我决心已定，谁也阻挡不了我们的爱情。哎，过了明天就还有七十天了！七十天后，我们就在杭州相见。时间其实过得很快的，亲爱的，加油，我们就要在一块了，我们见面了就拿结婚证去，哼，等不及了，我们马上就将有我们的结婚纪念日了！老公，我想疯了，我比那结婚狂还狂呢。哈哈，别笑我，笑我等于笑你自己。哼，怎么，难道不是？我们还要很快完成一项光荣而艰巨的任务！是什么呢？亲爱的你自己想吧，有答案了发个信息告诉我！

　　现在我想一首歌的歌词最能表达我的心情。没有信号，我能做的就是"枕着你的名字入眠"了。我把我的心交给了你 / 我就是你最重的行囊 / 从此无论多少的风风雨雨 / 你都要把我好好珍藏……

芸

二〇〇五年十月十二日

这是他们爱情之火激情燃烧的一年。无论是身处鲜花盛开的湖州的她，还是身处雪域高原的他，于他们来说，除了想念对方、梦见对方、焦急地等信并回信，在他们心中最渴望的是见面相会的那一天尽快到来。从那个如痴如醉的春天开始，一直到年底，他们都处于翘首以盼的煎熬之中。随着相见的日子的临近，两个跌入爱河的年轻人还是感到日子过得太慢。邱宏涛在信中说，自己恨不得变成雄鹰，越过千山万水飞到她的身边。按照他们两人约定的见面时间，那时正是输油泵站输油任务相对比较轻的时间，为了确保与丁赟相见，他精心计划，早早就给站领导请好了假，站领导对他的婚恋也很关心，对于他们只通信不见面，只开花不结果式的恋爱很是担心，忧心邱宏涛"竹篮打水一场空"，那样八年的恋爱所付出的时间、精力和情感将付之东流，一旦出现那样的结果，无论多么坚强的人都会在心灵上留下难以愈合的伤疤，其精神也将难以承受之重。邱宏涛对自己的爱情深信不疑，他深信丁赟是一个与众不同的江南女子，是一个超凡脱俗、敢于抛弃一切世俗、爱情至上的女子，是一个爱高原军人爱到血液中、骨髓里的女子，是一个意志坚定、有主见、有自己想法和思想的女子。为了消解日趋浓烈的相思，他们两人把思念化成文字，不顾一切地拼命写信。进入冬天，高原的深夜滴水成冰寒气逼人，邱宏涛穿着大衣，常常一人躲进图书室坐在书桌旁奋笔疾书给丁赟写信，他知道自己的字不如丁赟的字写得好看，语言没有丁赟写出的顺畅流利、形象感人，因而他格外的认真，一字一句地写着，有时一写就写到深夜，写得内心热血沸腾，写得两脚冰凉。进入冬季，南方的冬天也不好过，潮湿阴冷，丁赟把身子用被子裹住，垫上写字板趴在床上给邱宏涛回信，他们都以极大的热情把情感倾注到每一个字每一行字当中，仿佛把自己燃烧殆尽才肯罢休。

丁赟在一封信中这样深情地写道：

老公：

真是度日如年，起风了，天很冷，你在哪呢？在寒风里穿梭？还是在窗前独思？你是否知道，我在想你？想你的时候我念着老公，想着你匆匆行走的模样，你那寒冷的高原，你那缺氧的高原，你喜怒哀乐的心境，都牵动着我的心。风吹落了片片落叶，每一片都写着：我想你！无论我在天涯还是海角，我的心都时刻随着你，欢喜着你的欢喜，悲伤着你的悲伤。想你，每个夜晚带着期待入眠。

每次看着别的恋人，我都好想咱们也能在一起吃饭，一起做一切的一切，可是这些简单的愿望对于分隔两地的我们来说却是一种奢求。别人说时间、距离可以改变一切，但我们更相信时间、空间更可以证明我们相爱的这份决心。

老公，你老婆是你的女人，一个好女人是甘于寂寞的，因为在她心中存在对自己另一半的等待，她会认为等待也是一种幸福。因为在她的心里有一个深爱的爱人让她去牵挂，去想念，去等待。你还能在千里之外感觉到，我们是何等的幸福，现在的等待是在为我们生活在一起时的珍惜而储蓄。我们等得越久，日后对彼此的珍惜成分也会越浓。想你，以后在家里任意一个角落给我一个温暖的拥抱，这些都是我等待的价值了啊！我们可以相偎看雪，相拥而眠，可以面对着面定定地凝视彼此，可以背靠背欣赏云卷云舒，可以默契地微笑，一切的一切都是那样的简单、幸福。在如今的世上，纯洁的爱已成为一种奢侈，而亲爱的，我想告诉你，我的爱会是现今最少、最清澈、最透明的一块水晶。这样透明的爱，于我，此生只会有这一次。无论社会怎样物欲横流，执子之手，与子偕老仍是我心中最圣洁最虔诚的渴望。无论怎样斗转星移，我只希望你是我生命中永远不变的主角，只求有你相伴，我一生足矣！

相思的日子，是盖了邮戳的信封。心在呐喊，日子也在嘀咕，信封啊，你为何如此蹒跚慢行？相思的日子，是身在曹营心在汉啊！

老公，刚才我们又是一次长谈，已经记不起这是第几次了。当你说"挂吧，就这一部电话，不能占线时间太长的"时我还是感到依依不舍，还是挂了吧，我是老公的妻子，老公是个现役军人，有很多时候要以大局为重，我不能给你拖后腿，我能理解老公的，真正地理解！我闭上眼睛，好长一会，想象你的样子，猜测你的心情，回想你跟我说过的话，自己对自己说我好爱你，老公，然后想着你继续写完这封信。有你的日子多了份牵挂，牵挂你过得好不好，牵挂你是不是也像我一样的想我，牵挂你在做什么，看到手机里"爱你到永远，只管爱你，只管想你"心里溢满柔情，这种甜甜的感觉我要珍藏一辈子，收藏一辈子。没有信号的日子我想你，想听到你的声音，想得到你的哪怕一点点的消息。呵，我习惯每天掌握你随时随地在做什么想什么，我们相互了解对方的行踪，没有你的消息我会失落。老公，让我们做一对傻傻的老鼠吧，笨笨地相爱，活着单纯，为了相守，为了给对方依靠；做一对最忠贞的老鼠，一生一世眼里只有你和我，一生一世你我都是对方眼里的最美。

六十一天喽！亲爱的，做你的妻子是一种荣耀，是一种自豪！这里面的滋味，我想只有我能体会的，这本身就是一种荣幸啊！八年的爱情长跑，我们很快就能撞线了！那老公，我可以一直看着你啊，你是一只大大的青蛙，哈！夜里，我能陪着你说说话，能帮你盖被子，其实我就是想天天见到你。

老公，你别开口，听我说，你心中对我的思念也一定不逊于我，万里之外的高原早已是"水寒伤马腿，大雪满弓刀"了。刺骨的寒风，凄冷的霏雨，我看见的是老公的坚强……

祝好！

老婆
二〇〇五年十月二十二日

读丁赟的书信，是一种精神的享受，她的温情、她的博大，以及她对爱的理解，对纯洁爱情的追求，对自己所爱的人的关心、呵护、支持简直无与伦比。不禁让人联想，像邱宏涛与丁赟的书信恋爱算不算平凡人中的旷世情书之一。

第十八章

老班长是讲故事的高手，他总是讲到高潮之时戛然而止，把悬念留待下一次。

在邱宏涛和小金的一再要求下，老班长在一个天高云淡的午后，他们走出营门，沿着青藏公路，开始了他的故事续集。

那是一个本不应该停车休息的地方。一次执行运输任务再一次途经温泉河，不想那天温泉河水漫过了公路桥，汽车过桥时务必万分的小心才能保证不出问题。过桥前，传来消息，兄弟连队先前一天在过桥时一台车滑到了桥下，所幸人员未伤亡。明明已经有了前车之鉴，戴老兵因为是班长，他还多此一举让车队停在河岸，如此一来，在驾驶员心里投下了恐惧的阴影。

说来也怪，一位老牧人撑着一把破伞在河堤边挪动脚步，天上虽无太阳，可也能见到太阳的光亮。

那天戴老兵表现得有点反常。他举止毛躁，心里像着了火一样显得六神不安。谁都知道，他刚刚受到了批判，心里堵得慌，就是想找个地方发泄。他是老兵，又是班长，说停车休息，大家也就没有提不同意见，顺着他把车停了下来。谁也没有想到一场灾难正悄悄地到来。

戴老兵确实老资格，抗美援朝时他蹚过鸭绿江，西藏平叛时他跨过冰河，那才叫真正的考验。士兵们都乖乖地听着戴老兵的指挥，汽车分队谁也没有资格跟他攀比。他不仅资格老，而且是全团"天字第一号"的开车能手，不过他把眼前的河比作小河沟，确实有点轻视眼前的温泉河了。车队开始过桥了，戴老兵坐镇在最后收尾，为的是过河途中万一有车出现意外，他好随时化险为夷。他开着车还不时将头伸出车窗外，吆喝着哪台车该快哪台车该慢，如果有人不听招呼，他会吼破嗓子似的斥责几句。别看他只是一个班长，却有大将风度。还算顺利，全部的汽车稳稳当当地过了河。

此时的天空不再灰暗，天空像是被洗过了一般，晶亮晶亮的。戴老兵突发奇想，又出了个歪主意：洗车。当时没有一个人理解他的想法。在河边洗车万一突发山洪，河水会把车和人一起吞掉的！

戴老兵的主张让大家发蒙，于是他解释说：这次回去，听说又要办路线教育学习班，团里已经决定停车一周，人人都要参加学习。没有正确的思想路线，手中的方向盘就会把不稳，车就会开到修正主义路线上去的。可汽车是我们的装备，我们要把车洗干净了再进学习班。

你们现在听戴老兵的话，确实觉得生硬，甚至是别扭，还文理不通，但只要是那个时代的人，一听就懂。

就是这么几句话，却是戴老兵最后的声音。他的人生经历就在讲完这几句话后没有几分钟便画上了句号。温泉河这条季节河，却依然很有规律地流淌着。

就在士兵们响应戴班长的号召，拿着水盆到河里舀水洗车的时候，不太宽阔的河面上漂来一头野驴。野驴的腿和肚子都被水淹没了，只有头露在外面。可以看出野驴不会浮水，为了活命，它还是挣扎着，头不时地栽进漩涡里。士兵们看到野驴时，离洗车的地方还有一百多米，转眼间就漂到了士兵们端水洗车的地方。汽车兵虽然常年在高原上跑车，但绝大多数人并没有见过野驴。如此近距离看到野驴的人更少了。就在士兵们放下脸盆专心观看野驴的时候，戴老兵突然扔掉手中的脸盆，大喊一声"看我的"，话音落地，人就跳进了河里。

当时士兵们并没有表现出惊异，谁也没有想到会出现不测的后果。平常士兵们都知道，戴老兵能说会道，十八般武艺似乎样样精通，下到河里抓一头野驴，难道不是手到擒来？在戴老兵游到那头野驴跟前时，那野驴却疯了一般扑向他。此时，河岸边的兵们才知事情不妙，人根本就不是野驴的对手，都齐声高呼，让戴老兵小心，让他上来不要逮野驴。本来被洪水淹呛得濒临死亡的野驴，面对新的威胁，奇迹般地开始了垂死的挣扎，它不知道使出了什么法术，又奇迹般地站在了水面上，一抬蹄就把戴老兵刨入蹄下，将其踢到了水下。戴老兵也不是泥捏的，自然不会示弱，他凭着高超的水性，一个鹞子翻身，又跃出水面，正准备与野驴搏斗时，那野驴又重复了刚才的动作，再次将戴老兵踢入水中……就这样来回折腾了三四次，戴老兵显然体力不支，失去了反抗的能力。

士兵们看在眼里，一个个急了，高声呼叫，让戴老放弃抓野驴，有几个士兵都脱了衣服准备下河去营救。可是，一切都来不及了，戴老兵第五次被野驴踢入水中后再也没有露出头来。野驴也随波逐流，漂过了桥洞……

士兵们跟着奔腾的河水跑了几里地，也未找到戴老兵。可那头野驴在漂出二里地以后，在一片宽阔的沙滩上，凭借一身驴劲，硬是站住了脚，硬是走出了河道，意外地逃生了。士兵们愤怒了，硬是将那头野驴逮住了，对它进行了报复性宰杀，并让全连的人都吃了它的肉。

戴老兵死后，部队做出了事故处理结论：违反纪律，私自下河逮野驴，致死身亡。

小金关心地问："人最后找到了吗？"

当时连队组织人员，沿着温泉河整整找了三天，在确认他已经不在人世后，战友们在温泉河边一块高地上，给他挖了个坟，埋进了他那件大衣，只装了一件大衣的墓穴成了他的墓。

老班长讲完故事，三个人好一阵都沉默不语。

天上的星星闪着光芒，与清亮的月光一道照亮了他们脚下的路。邱宏涛率先打破沉默说："太奇妙，太凄惨。"戴老兵下河逮野驴是因为心情不好，一定是想发泄一下，可惜却被洪水夺去了宝贵的生命。

第十九章

　　"开启鸿蒙，谁为情种？"古今中外，伟大的爱情都是一样的，缠绵悱恻，万种风情，似明月一般，照耀并感染了多少人的心田。每每想起，无不感慨万端，无不给人以心灵的震撼和精神的启迪。就让我们翻开历史的画卷来重温一下那些传奇爱情的万种柔情，来凭吊一下那些已经逝去的"情深意重"。司马相如与卓文君：凤求凰。司马相如和卓文君，一个是被临邛县令奉为上宾的才子，一个是孀居在家的佳人。他们的故事，是从司马相如做客卓家，在卓家大堂上弹唱那首著名的《凤求凰》开始的："凤兮凤兮归故乡，遨游四海求其凰。时未遇兮无所将，何悟今兮升斯堂！有艳淑女在闺房……"如此直率、大胆、热烈的措辞，自然使得在帘后倾听的卓文君怦然心动，一番书信交流，司马相如终与卓文君幽会而一见倾心,双双约定私奔。当夜,卓文君收拾细软走出家门,与早已等在门外的司马相如会合,从而完成了两人生命中最辉煌的爱情故事。卓文君也不愧是一个奇女子,与司马相如回成都之后,面对其家徒四壁的境地,大大方方地回临邛老家开酒肆,自己当垆卖酒,终于使得要面子的父亲承认了他们的爱情。尽管后世的道学家们称他们的私奔为"淫奔",但这并不妨碍他们成为日后多少情侣们的榜样。白朗宁与巴莱特同样演绎了诗意的爱情奇迹。一八四五年,长期瘫痪在床的伊丽莎白·巴莱特在英国诗坛声名鹊起,其地位已取代衰老的华兹华斯,而与丁尼生齐名。本来就钦慕她诗才的白朗宁给女诗人写了一封信,大胆地对她说:"我爱极了你的诗篇——而我也同时爱着你……"女诗人接到信后也给他回了一封热情洋溢的信。两人从此开始频繁的书信来往。在白朗宁的多次要求下,女诗人克服从不见生人的习惯,两人有了第一次见面。哪知三天后,抑制不住强烈感情的白朗宁竟给女诗人写了一封求婚信。三十九岁的女诗人这时躺在床上已有二十四年,她对结婚一事早已没有想法,认为自己不可能嫁给比她小六岁的白朗宁。她拒绝了他。尽管如此,两人依然保持亲密的交往,直至达到谁也离不开谁的地步。从而奇迹发生了,伊丽莎白突然能下地自由行走了。尽管犹如暴君的父亲完全不同意她的婚姻,她还是勇敢地投入了白朗宁的怀抱,两人一起远离家乡,到意大利生活,后来还生下一子。爱情的力量使白朗宁夫人原本孱弱的生命延续了十五年,并使她写出了更多优秀的诗篇。情书王子沈从文能够娶到张兆和,靠的是一封封精神炸弹。沈从文爱上张兆和时,沈从文是北大的老师,张兆和是学生。可自卑木讷的沈从文不敢当面向张兆和表白爱情，他只好悄悄地给张兆和写情书。沈从文的情书一封封寄了出去，点点滴滴滋润着对方的心。女学生张兆和把它们一一作了编号，却始终保持着沉默。后来学校里起了风言风语，说沈从文因追求不到张兆和要自杀。张兆和情急之下，拿着沈从文的全部情书去找校长理论，那个校长就是胡适。张兆和把信拿给胡适看，说："老师老对我这样子。"胡校长答："他非常顽固地爱你。"张兆和马上回他一句："我很顽固地不爱他。"胡适说："我也是安徽人，我跟你爸爸说说，做个媒。"张兆和连忙说："不要去讲，这个老师好像不应该这样。"没有得到校长胡适的支持，张兆和只好听任沈老师继续对她进行感情文字的"狂轰滥炸"。沈从文开始了他"马拉松式"的情书写作。仅一九三四年一月十二日至二月二日，沈从文在回湘西水路上，他坐在船舱里给张兆和写了几十封信，仅一月十六日那一天，他就写了六封。这几十封情书，成为情书的经典之作。最终，张兆和成为世界上最幸福的女人，沈从文成了世界上最痴情的男人。这一切的一切都足以证明："爱是人类最伟大的力量，不朽的真爱，能够成就伟大而不同寻常的人生。"

　　邱宏涛与丁赟建立的爱情与上面任何一个感人爱情既有相似之处，又有不同之处。首先邱宏涛不是名人，没有司马相如、徐志摩和沈从文的才气，也没有爱德华的地位，而丁赟同样不是大家闺秀，没有高贵的身份和地位，他们是草根百姓，一个是驻守高原的普通战士，一个是公司里的普通职员，但他们的爱情却有着自己的独特，情感纯真，爱情似火，破除地域差别、等级观念，从朋友到恋人，从恋人到夫妻，始终未曾见面，八年的马拉松恋爱，靠的是源源不断地写信、电话和短信交流而实现爱的升华。如果还有人觉得不过瘾，还要问他们的爱情与以上旷世奇爱有什么最大的区别，那就是追求爱情的幸福之中，更多的是爱的奉献。

沈从文爱恋张兆和爱得近乎疯狂，那只是单方面的狂热追求；而邱宏涛与丁赟是相互倾心，在共同的爱之中产生的爱的共鸣。他们把情书当成恋爱的日记，一天接着一天地写，然后感觉满意了，再一并发出去。在大多数时间里，他们几乎每天都写，如果因为工作忙、事情多，隔上几天不写，都会为之愧疚，甚至产生思念的负罪感。丁赟在一封信中开头就道歉说：

老公：

我都三天没给你写信了！你不怪我吧？呵，我知道你是不会怪我的。亲爱的，你要开心一点，老婆无时无刻不在想你……我也会开心的。念着老公的嘱咐做好每一件事，忐忑不安的心情终究会尘埃落定的，仅仅剩下五十五天了！还记得那四个字吗？老公，相逢的那一天肯定是我们最高兴的，每每想到你很快就要来到我身边时就会涌出无限的激动。唉，让我，让我长长地叹口气。老公，真希望漫长的夜赶快过完，让我们牵手每一天！

邱宏涛在自己的人生中，除了事业的坚守，余下的就是对丁赟爱的坚守，在长达八年的通信相知相恋中，他不止一次地渴望能给丁赟过一个生日，为丁赟唱一首《生日快乐》的歌曲，可就是这个小小的愿望，因为天各一方，因为恋爱关系需要确定，因为两人的感情无法得到父母的支持，邱宏涛为丁赟过生日的愿望也就一年一年化为泡影。随着相互爱恋的成熟，二〇〇五年丁赟终于冲出精神的桎梏和家庭的封锁，自作主张地确定了见面就拿结婚证的日子。为此，她与邱宏涛商定选择了二〇〇五年的深秋，他们相见后的第三天，就是丁赟的生日，邱宏涛在信中表示，在丁赟过生日那天，他要送一个蛋糕，一份祝福，一件纪念品，一个相思的吻。丁赟也同样渴望在生日那天能与心上人在一起，度过一生中最难忘的生日，她信中接着写道：

> 今天在无意中有个同事问我哪天生日，我没告诉她，自己翻了一下日历，原来以为老公已来到我身边了。然而我们还是接受了老天的安排，承受着时间的考验。不过没什么的，我们也收获了许许多多，在等待和盼望中，我们完成了由浮躁到沉稳的蜕变！爱的路上有你才完美，若没有了你，我的爱该给谁去？你在我的心中，占据了我整个的心，让我无法容纳别的东西，让我们从容面对这一生的第一次相逢。今生遇见你是我最大的幸福，从没想过要得到什么东西，仔细想来其实已经得到了很多。最大的愿望就是要拥有全部的你，不管以后的人生道路如何走过，我们都能相拥度过，无悔我们相爱一场。坚信我们的爱情在风雨过后就会出现彩虹！
>
> 我今夜的心是柔软的，远方的你在把我牵挂，在静静冥想中企盼，在冬霜傲雪处思恋，有你我就有全部的幸福，一撇一捺的"人"字来自我们的双肩，左边是你右

边是我，共同支撑起这份来之不易的爱的承诺！很想很想你，想躺在你的怀里听你给我讲故事！呵，有时真感到上苍对我们好不公平，把一对这么相爱的人分开得这么远，虽然这样，我还是不会泄气，不会怨恨的，我们一定会幸福的！我习惯了在你的短信里入睡。生活会等待坚强的人的，以后……让我幻想一下，老公，但这些也可以说是我羞涩的期待，我本不愿意揭开面纱的，想写进日记，可是好久没再写了，老公，要不要写呢？算了，不写了吧？哎，你怎么了，不开心啊？那我写！

　　在每天早上能看到你阳光般的笑容，看到你因希望而闪亮的双眸；在黄昏中漫步，你会轻轻地把我放在你身边，把手放在我的腰间，在我对你微笑的那一刻会不经意遇上你温情的目光，不用借助语言就足以表达我们的爱意；在听到我微微轻咳几声之后关切的询问和目光中不经意流露出来的心痛，让我真真切切感受被你爱着关切着的幸福。在我们争吵过后你会用双手捧住我的脸庞，吻去我的泪水，拥我入怀，告诉我你爱我。老公，没忘吧，我答应过你，帮你抄笔记！呵，我说你要抱着我坐在你腿上，你念我写？念着念着就冒出"我爱你"我也顺便就写到你的笔记里！哈……不想了，再想我要兴奋个没完没了……

　　对于热恋的恋人，话永远是说不完的，他们每天都要延续昨天、承接明天。窗外是波澜不惊的湖面，丁赟的目光却越了过去。

她眼中看到的是白雪皑皑的高原，野牦牛在雪原中笨拙地奔跑。天灰蒙蒙的，暗淡无光。

一连忙了几天的丁赟心又安静下来，她又坐到桌前，给急切盼望她回信的心上人继续写信：

已隔好几天没给老公写信了，今天是倒计时五十一天的日子。静下心来，第一句话就是想你，想得那样深。就这么静静地想你，静静地在心底呼唤着你。我真的很想在这宁静的夜空里呼唤你……守候的日子很难熬是吧？但是那种快乐也远远胜过痛苦和孤单吧？别说我傻，觉得我不懂事，女孩子只有在心爱的男孩子面前才撒娇任性的，被你爱着，应该享有特权吧？其中应该有一项特权是想见你随时可以见到你？可是，可是呢，我们无法避免生活在这个现实的世界，而且出于老公目前还是军人这样一个现实问题的基础上考虑，我这个女人该学着讲理了，不要一味地要男人疼自己宠自己，要懂得收敛，还要珍惜着你的人生，分担着你的一切苦痛。

昨晚，我们在电话里没有结果的商量，结婚是要先生小孩还是先不要的事，虽然两个人无休止地说着，内心却是无言的幸福。被你叫"宝宝"时是我的幸福！被你娇惯时是我的幸福！遥遥思念是我的幸福！你给我的都是我的幸福！结婚以后或许你也一样想多陪陪我，但实际上很难做到，不得不过两地分居的生活时，我依然会明白我要做的事。军人需要的是一个平静的家。我会教育好咱们的孩子，照顾好咱们的父母……

我决定的时候是冷静的，我愿意和你同甘共苦，共度人生。一个人很渺小，我希望可以把我所有的爱都给值得让我为之付出一切的你！作为军人的妻子，付出的会很多很多，可是我始终觉得在军人面前没有资格谈论"付出"两个字，因为他们付出的比每个人都多。作为军人的妻子，需要比常人更多的理解与坚强。

八点到，睡觉。老公，晚安！

祝开心！

老婆

二〇〇五年十一月二日

邱宏涛在接到这封信后，再一次激动得热泪盈眶。他在心里想，是上天的垂青，还是前世修来的福气，让自己找到了一个知音，一个理解军人、一个愿意与军人同甘共苦的、通情达理的、善良的好媳妇。还是她仙女下凡，特意为了嫁给军人，特意为军人的奉献而付出，特意为军人献身国防而甘愿做军人的坚强后盾。答案都是存在的。他的泪水无法控制地流着，有好几滴都滴在了那隽秀的信纸上。窗外又刮起了大风，风裹着雪花，白茫茫的原野，又披上了一层白雪的新装。

冬天，北方干冷，南方潮冷。丁赟早早上了床，躲在被窝里，一边阅读邱宏涛的短信，一边想着邱宏涛电话里或者信中关爱她、想念她、体贴她的话，情到深处，她拿起笔用文字来表达自己对邱宏涛的深情思念，她说："多少个思念如潮的日子里，独自守候着你短信里那份温暖，一种感动的东西和一种叫甜蜜的滋味溢满字里行间，深入我心……看不到你又不自觉地想你，想你会让我情到深处，周围的一切都不再重要，你就是我的世界了！"丁赟在信中推心置腹地说："老公，我想你！很多时候我越来越像一个长不大的孩子哩，可以因为想到你的一句话一个人开心地笑起来，因为你的一句话噘嘴巴，也可以因为思念的缠绕而流泪。想你的分分秒秒，我的表情和动作也变得丰富起来了。"

丁赟自从确定与邱宏涛相见，确定见面后就拿结婚证后，相互思念成了她生活的全部，她在信中说："我想死你了！一颗时时牵挂你的心从来就没有停留过！走路、吃饭、睡觉都在想你，想你在干什么。我这样是不是又让你心疼了？你上次还说我这样会生病，什么病？相思病？呵，相思有期，我不会得了！老公，等我，我去收一件衣服，三十秒！"

一轮圆月挂在空中，把大地照得清辉一片。丁赟继续写道："来了！外面月亮好像挺圆的。是阴历多少了？人说：明月千里寄相思。老公，我等你！我的心平平仄仄只有你能读透！你的心起起伏伏也只有我能听懂！不管年月来来去去，我都会坚定地等你！不管今后路上风雨泥泞，我都会携手与你同行！我会用最深的情慰藉你疲惫的心灵，用最真的爱抚平你眉头的皱纹。用我柔弱的、盈盈一握的小手为你抖落一身的风尘，为你编织一个爱的天堂。"

爱需要表白，爱需要温情。丁赟的信就好比潺潺的溪水，时时刻刻、日日夜夜滋润着邱宏涛那干涸的心田。她深情地说："你说把我宠坏了！信息就是这么发的！现在不怕了！你知道吗？我好幸福的。被人深深地爱着是幸福的，深深地爱一个人也是幸福的。可能你发这条信息的时候自己没有幸福的感觉，你的女人却一字一句地记在了心底。爱上你是我一生的幸福，拥有你的爱是我一辈子的骄傲！……妈妈身体不好，胃难受时一定要去看医生，想起来了么？你在电话里一次又一次地提醒我，一遍又一遍地叮嘱我，一定要陪妈妈去看医生，虽然我一直将这件事记在心里面，你也一定知道我不会忘记掉，但你还是提醒我，我明白你的心意，这是因为我在你心里的分量之重！"

丁赟深知邱宏涛在高原生活枯燥，于是她经常在信中给邱宏涛穿插讲一些身边发生的有趣的故事和见闻，给他讲所看过的小说，讲看过的电影情节，她信中继续写道：

> 你还记得我在上封信中跟你说过的那个电视剧么？就是《幸福像花儿一样》，我还记得呢，哦。已经播完了，结局挺好的，我给你回忆一段吧！开始了，听好了。
>
> 杜娟：离婚报告交上去了，批了。（听到这话时我急了，那天正好在家里和妈一起看，那一秒我都绝望地差点把头撞床上了，难过极了。还好，转机来了。）可是我又拿回来，撕了！（我又活了，凑到电视跟前盯着看的。）……
>
> 看完这电视，真的是意犹未尽的感觉。他们都是幸福的，在感情的世界里吧，我认为我不需要向任何人看齐，也不需要向任何人学习，感觉是我自己的，感情更是我自己的，我很幸福，我很知足！

爱需要感觉，在爱的感觉中找到爱的定位，找到情感的延续，这是丁赟对爱的把握和认知。中国举办盛大的奥运会，为了增强时间的紧迫感和国人对奥运会的关注，进入最后一百天后，采取倒计时。丁赟与邱宏涛为了缓解心中思念的煎熬，每次他们写信都会数数还有多少天就将见面，定下见面的日子是固定的，而在他们急切相见的心情中时间却仍是缓慢流逝的。丁赟在信中追问：

　　　还有多少天？你知道吗？老公？（你这笨女人，你说呢？）老公，还有35天！终于要结束了。老公，你的单身岁月也快要成为历史喽！珍惜哦，嘿嘿！老公，等我去了，不知道昆仑山、唐古拉山的雪化了没有？如果还有，应该还有雪花漫天飞舞的时候吧！我要和你在我见过的最大的最厚的雪地里奔跑。能跑么？刚开始我想可能不行，因为缺氧受不了的对吗？不过我不动我可以看着你开心的样子啊！十点了，熄灯。我提前说晚安！亲一下！再亲一下，还不够……

　　　祝

　　　健康快乐！

　　　　　　　　　　　　　　　　　　二〇〇五年十一月十日

　　从丁赟的信中可以算出，他们确定相见的日子是二〇〇五年十二月十五日。越是相见的日子临近，他们越是感到日子难熬，丁赟在信中劝邱宏涛要有耐心，她自己却常常陷入思念的阵痛之中。她在给邱宏涛的信中说：

岁月无痕，我们走过了一年又一年的春夏秋冬，依旧清澈的是那深深的牵挂和苦苦的相思，当然还有我们灵魂的赤诚相融，爱的倾诉……在我们相恋的这些年里，最真最美最让我感动的是什么？你知道么，大宝贝？有很多很多的那些一瞬间，我感到过那种超过一生的感动和幸福。……都包含了许许多多心与心的共鸣以及爱与爱的默契。

　　丁赟对幸福有着自己深刻的认识，她认为真正的幸福不是物质的极大享受，而是精神世界的深刻体验，那就是能够体验到彼此的存在瞬间。他们相知相恋八年，自认为八年"抗战"，都希望早日结束缠绵不尽的相思之苦，尽快走进婚礼的殿堂。实现婚恋的自由，在什么年代、什么时候都有棒打鸳鸯的悲惨故事发生，好在丁赟的父亲母亲深深地爱着她，对她的任性举动、忠贞不渝的恋爱虽然表示了难以理解和无法接受，但他们并没有对她采取过分的措施和自由的干涉。如此一来，丁赟与她父母也就一直处在说服对方的循环之中，以情感人也好，相互撂狠话也好，都没法说服对方。为嫁给自己的心上人，丁赟可以说是煞费心机，好话说尽。然而面对父母不点头、不松口，她常常为之感到身心疲惫，身感做通父母的工作绝不是一件轻松的事情。不过丁赟是一个有耐心、有恒心、有毅力的人，她始终深信自己的努力不会白费。

　　对于父母亲的阻拦，丁赟非但没有泄气，她还在信中不断鼓励邱宏涛，她给邱宏涛的信中打气说：

> 时间对于我们而言不是坎，更不是障碍。当我们的
> 两颗心经过长久地跋涉，在期待的那一天手牵着手时，
> 每一声跳动都在告诉对方，我们离不开彼此，已经没有
> 什么能将我们分开了！等待并不可怕，只要我们坚持着，
> 我们马上就会相聚！
>
> 今天是十一月六日，在电话里跟你说一会，以后你
> 打电话就打两个，一个不通打另一个……亲爱的，昨晚
> 下大雨前的风很吓人的，我多希望你在我身边啊，让
> 我不再害怕夜晚带给我的恐惧。但是，一想到我们的未
> 来，我就开心得笑了！老公，在你身边的冬天，让我们
> 找一块干净美丽的雪地，我们手牵手，走出一长串的
> 脚印……

在自信心方面，邱宏涛就不如丁赟，这也许是从小受家庭环
境、受教育程度、受各自所处地域的影响。对于邱宏涛的忧虑和
担心，丁赟在给邱宏涛的信中一边打气一边富有见解地说，光阴
可以改变一个人的容貌，但不会改变我们彼此深深的爱恋！从昨
日到今日，不会改变的是两人留在心里的故事和对爱的信仰！对
于他们两个人的相恋相思，丁赟有的时候也弄不清是什么原因让
他们如此的无怨无悔？丁赟写信问邱宏涛，其实她在信中已经给
予了明确的回答，那就是：他们创造了爱的故事、建立了自己的
爱的信仰！拥有自己纯真无瑕的爱情，是丁赟这个江南女子最神

圣的理想，是她青春年华最本质的需要，是她人生不能缺失、更不能失去的最重要的东西。在爱的信仰引领与驱动下，还有什么困难和险阻他们不能克服的呢？丁赟在给邱宏涛的一封信中这样写道：

今天是十一月二十三日，是一个平淡的日子，同时也是一个值得纪念的日子。今天无论你是忙是闲，都要记得我的叮咛；无论感觉是苦是甜，都要快乐坚强；无论空间相隔多远，脉搏的跳动，都记录着我对你的思念，呼吸的间隔就是你我距离的体验，在这距离的一端让你明白我对你的一脉倾情永不改！

仰望高远的苍穹，那里有你的飒爽英姿，有你威武庄严的军人身影？是在那遥远的雪域高原，那里有我一生一世的牵挂。亲爱的，无论是热闹，无论是荒凉，能在你身边陪伴，我无怨无悔！我一生都是你的。抬头看看，是不是有一朵洁白轻盈的云朵，还有一缕撩人心扉的凉风？感受到了？感受到你思念着的我也想念着你，珍惜着你的痴情，挂念着你的安康。

不知为什么我们总有说不完的话，倾听和倾诉让我们的心贴得更近了，清早起来第一件事就是看看老公的照片，如果是有信号的日子，总能看到没有阅读过的短信。每天你都能带给我好心情，也让我有了更多的自信。老公，你的声音是时间里最动听的，你爽朗的笑声可以传过千山万水抵达我心灵的深处……

老公，我来了！你说过的话我点点滴滴都记在心里，我就要和老公谈一辈子恋爱，让喜悦每天总能包围着我们，不必在老公面前伪装，掩饰，只要自然地流露好了，对吧？我呀，才不会不好意思呢！我会好好珍惜这份独一无二的情，我爱你！在我们的"爱情宝典"里，爱可以无止境，我会一路跟随老公相伴到天荒地老……

十二月的江南，虽处寒冬，但太湖的风不再那么让人沁骨的阴冷，寒冬已经是兔子的尾巴，春天会悄悄地来临。

第二十章

在以后的几天里，小金常常忍不住地问邱宏涛："邱哥，我就想不明白，好人咋就没好命。戴老兵就那样凄惨地走了，尸体都没找到，坟还是一座空的。还有大姐，也不知道她是什么结局，依老班长所讲，她与戴老兵也没有什么男女关系，只不过是相互以姐弟相称，叫姐呼弟的有什么不正常的呢？"

邱宏涛望着远处的雪山说："我也想过了，一个年代有一个年代的特殊性，在那个年代，之所以出现超乎常人想象的事件，那样才是那个时代的产物。"

小金忧心忡忡地说："老班长上格尔木出差，不知哪天才能回来，他的故事还没讲完呢？"

一个星期后，老班长从格尔木回到了唐古拉山输油泵站。因为别后重逢，那晚老班长很兴奋，主动讲起了大姐后面的故事。

戴老兵没了之后，大姐并不知道。有一天，组织决定护送大姐回家，送她的人并不是她的丈夫杨孝山，而是一名保卫干事。在大姐登上汽车快要离开的时候，冬妮亚雅阿妈突然倒在了路的中央，挡住了车轮。冬妮亚雅阿妈常年帮助大姐背冰，两人结下了深厚的感情，她舍不得大姐离开雪山。如此，大姐才从阿妈嘴里知道，戴老兵出事了，而且人都没有找到。当时大姐只觉得头轰的一声像被用冻着的冰猛击了一下，人整个蒙了。

大姐再次被请到了汽车上，组织上有要求，她必须离开雪山，回到她的故乡。在汽车离开的时候，她只能对被人拉到路边的阿妈喊道："阿妈，戴班长是我清清白白的好弟弟，你替我为他敬杯酒……"

老阿妈哪里舍得大姐离去，追着汽车哭喊道："你是好人呀……你不该走……你是我们看到的第一个汉家女……你受冤枉了……"

哭着哭着，冬妮亚雅阿妈竟唱起了《花儿》——

蓝布袄袄装棉花，棉花装上了压下，
头顶石头腿跪下，
大老爷你听着：
汉家女娃娃到底把啥罪犯下？

冬妮亚雅阿妈悲怆的哭声让温泉河停止了咆哮。温泉河又进入了它一年漫长的睡眠期。

大姐走后，青藏线一下子变得死气沉沉。

小金天真地问："温泉河兵站是不是因为大姐走了，而被撤销了呢？"

老班长长长吐了一口气说："温泉河兵站被撤销原因是多方面的，没有人气，条件又差，也是其中原因之一。"

邱宏涛对老班长说："我从一篇文章中看到，大姐并没有回到老家，根本就没走出青藏线，据一个叫郭立业的老兵讲，送大姐的那辆汽车走到昆仑山中的不冻泉抛锚了，停驶了一天一夜。也许不想离开温泉河的大姐借此又回到了温泉河。是一个哨兵在温泉河里发现了大姐，打捞上来之后，大姐身上只穿了一条粉红色内裤，袒胸露腿，披散着一头长发。当哨兵用手扒开她的长发一看，不由大叫一声：呀，大姐……"

大姐的丈夫杨孝山知道她的心思，就把大姐葬到了温泉河边的土山上。

对于大姐的真正死因老班长像考古一样进行了考证。大姐那天返回温泉河兵站时，时间已经到了深夜。天黑前，温泉河上游下了一场暴雨，暴涨的温泉河河水淹没了温泉河桥。夜深，天黑，寒冷，大姐急于过桥，又没有手电筒，摸着河水过桥时，一不小心被洪水卷走了……

小金听了连声哀叹："怎么会是这样的结局呢！太让人悲伤了……"

夏天来了，邱宏涛与小金利用巡线的机会来到了温泉河。温泉河涛声依旧，只是温泉河兵站已经变成了一片废墟，兵站的遗址凄凉而又孤独地裸露在软绵无力的阳光下。当年的热闹景象一点一丝都难以找到，那来来往往的人呢？那川流的车呢？那圆木搭的房子呢？几十年前的生活为什么会荒芜得这样快？

当他们怀着满腔的热情来到温泉河，沿着那已经消失的足迹，去追寻那曾经产生过欢乐和悲伤的往事，却发现河水无情地将一切冲刷得没了踪影。他们靠在温泉河桥的护栏上坐下，只有一首苍凉无比的歌在他们的耳边反复吟唱。

第二十一章

丁赟在看了邱宏涛的信后，在回信的结尾中这样写道：一个时代的唐古拉山和一个女人结束了，但新时代我和你的新恋情将闪亮的开始。我们要让新时期军人恋情，照亮唐古拉山的夜空。

爱的呼唤使他们结束了八年的马拉松鸿雁交流的岁月。二〇〇五年黄叶满地的深冬，邱宏涛怀着急切的心情，应丁赟之邀，利用探亲休假之机从漫天大雪的高原来到了美丽富饶的江南，来到了风景如画的杭州。杭州是他们确定见面的地方，他们要让八年的通信有一个美妙的见证，让杭州成为他们人生新的起点。

一晃时间过去都快十年了。他和她至今都清晰地记得那天的第一次见面的情景。他身穿一身军装，拖着一个行李箱，肩背一个军用背囊，目不斜视地走出出站口；她穿着红色呢子短大衣，梳着整齐的刘海，一根辫子搭在肩上，亭亭玉立地候在出站口的一旁。她在他的眼里，那个照片上的女孩子似乎变了模样，更加妩媚、更加楚楚动人，那水灵灵的大眼睛闪出来的是结结实实的目光，给人激情、踏实和温暖。他激动地浑身一颤，脑子里像醉了氧，人一下子就定在了那里。他在她的眼里，比照片上的那个男人要成熟得多得多，英俊中饱含着西北的硬朗，炯炯有神的眼睛蕴藏着自信与坚毅，活脱脱一个西北硬汉的形象，在南方人居多的出站口，他显得格外与众不同。她一眼就认准了他，怦怦直跳的心简直要跳出胸口，脸颊升起一片火烧云一般的红晕。在众人之中，他一眼瞄准了她，迈着坚定的脚步朝她走来，脸上溢满幸福的笑容；她像是受到了鼓舞，更像似受到了吸引，勇敢地迎了上去，在两人相距一步之遥的时候，两人像相识已久的恋人，他情不自禁地丢掉了手中的拉杆箱，她却忘了将鲜花递到他的手中，他张开的手臂一把将她揽进了那宽阔的怀中。她热泪盈眶，他全身不停地颤抖。

他们虽不曾见面，但他们在梦里已经见了无数次。他们宛如相别已久的恋人，在一阵战栗的拥抱之后，他腾出手来，为她擦干激动的泪花，她则将那一束鲜花递到了他的手中，他放到鼻子底下深情地闻了又闻，一语双关地说，"真香，真好看。"她满意而深情地笑了。于是他麻利地将鲜花插在胸前的背包带里，一手拉着行李箱，一手握着丁赟柔软的小手，旁若无人地走在熙熙攘攘的站前广场上。

此时，他就如得胜的将军，牵着自己心爱的女人向着幸福的彼岸走去。

他们用满腔热忱和无限的浪漫弥补了八年只靠通信写就的爱情的单调，他们在许仙和白娘子演绎千古传奇故事的西湖边像文学中描写的情人那样漫步，他们在富有传奇的苏堤倾诉彼此的思念之苦，他们在可见倒影的西湖桥上让那美丽的大镜子印下他们亲密的身影，他们在断桥之上留下他们相知相爱的足迹，他们在高高的雷峰塔下重复他们的山盟海誓。

谁说军人只会踢正步，谁说军人骨子里只有刻板，谁说军人只会喊一二一，丁赟与邱宏涛在西湖游玩两天的见证，让丁赟更加深信自己的选择，她与他在湖边的漫步更有节奏，他与她交谈不乏幽默，他的歌声雄浑高亢悦耳动听。两天后他们告别杭州，直奔湖州。丁赟二话不说，拿起户口本，两人牵着手，在走进民政局婚姻登记所大门的时候，邱宏涛感动而心疼地说："芸，想好了，签下你的名字，从此以后，我们不仅是情感上的爱人，更是法律上的夫妻了。"

丁赟幸福地笑着说："多少个日夜就盼着嫁给你，嫁给你这个高原军人呢。"

邱宏涛听了激动得差点像高原缺氧那般晕了过去，他一把紧紧地将丁赟揽入怀中，他没想到眼前娇美的女人在决定人生婚恋的大事上是如此的坚定不移。

其实，丁赟早就下定了决心。为了爱的信仰，她在劝说父亲母亲无效的情况下，早有了自己的主张，坚决不能在父母的合围中妥协投降，一定要做爱的主人，做爱情追求的主宰者，哪怕是背叛父亲的意志和情感也在所不惜。但在有限的空间里，她本着以最大的可能尊重父母、不伤父母的心为上限，因为毕竟父母从主观上是为她好，但她在一次次努力、失败之后，她决心冲出家庭的笼子，做爱情追求的胜利者。为此她只得先斩后奏，待既成事实之后，让父母在生米做成熟饭的事实面前放弃一切的幻想。当他们怀着冲出重围的心情走进民政局婚姻登记大厅时，却因一张结婚介绍信而没能拿到他们期盼已久的结婚证。其实，邱宏涛在上路之前，也带齐了相关证明，只是结婚介绍信不正规，属于团级政治部门开出的打印介绍信，不是师一级正规的结婚介绍信，民政部门要求他返回部队重新去开。

望眼欲穿期盼着与丁赟见面就能拿上结婚证的邱宏涛为此万分懊恼。当时在团政治处开结婚介绍信时，有一个干事就提醒他，说打印介绍信不正规，在格尔木这座兵城好用，到驻地之外恐怕就不管用，建议他到西宁兵站部再转开成正式的。当时因为时间紧，与丁赟见面之心如箭，不想转车图省事图快捷最终出现了麻烦。邱宏涛内疚得不行，一个劲儿地向丁赟表示歉意，丁赟则开心地劝他说，好事多磨，好饭不怕晚，反正你出差北京执行完公务之后，还要返回兵站部机关，你正好到机关把正式手续给开出来。丁赟的开导，让邱宏涛忐忑不安的心安然了许多。

邱宏涛这次探亲休假，按照他们两个人规划的日子，邱宏涛正好可以赶上丁赟的生日。正当邱宏涛准备休假的时候，输油泵站接受了新的输油任务。那时已经接近年底，站里因为老兵转业退伍，新兵还没有补上来，再加上有几个老兵已探亲休假回家，站里正是一年中人数最少的时候。邱宏涛是业务骨干，他只好暂时放弃休假，待输油任务完成后，再启动行程。紧急输油任务刚刚完成，输油管线团又给邱宏涛下达了到北京出差的任务，不过这一次领导非常人性化，考虑他通信八年却一直不曾与女朋友见面的事实，考虑他也一天天迈入大龄青年行列的现实，批准他提前上路，绕道湖州，见过女朋友后，再到北京出差执行公务，待完成公务后，再回家探亲。如此一来，他的探亲假从深秋延至了深冬，如此一来也就错过了丁赟的生日。可丁赟不是那种注重自我的小资情调的人，她对惋惜致歉的邱宏涛说，只要你心里惦记着我的生日，比形式上过生日时唱一千遍祝福歌都要珍贵。是啊！于两个热恋的情人来说，一对天各一方的恋人来说，他们只要能够见面，远远要比过一个生日要幸福得多。见面对他们来说，就是他们人生中最重要、最美好的生日宴。

邱宏涛到湖州只有几天的时间，他每天像保镖一样送丁赟上班、接丁赟下班。丁赟上班工作时，他便骑上自行车一个人去观光湖州这个历史文化名城的景点。过去与丁赟通信时，丁赟在写给他的信中，时常介绍湖州文化历史和景点，从理性上讲，他对湖州并不陌生。来湖州之前，他还做了相关准备，原因是一个比较知心的战友给他讲，一方水土养一方人，你要想真正了解你的女朋友，你必须了解湖州的风土人情，了解那里的历史文化，那样更有利于你们日后的生活。到湖州第二天上午，他就到湖州市新华书店买了一本《浙江旅游地图》和《湖州志》，从地理上对湖州有了进一步认识，知道湖州市地处浙江省北部，东邻嘉兴，南靠杭州，西依天目山，北濒太湖，与无锡、苏州隔湖相望，是环太湖地区唯一因湖而得名的城市。知道了湖州与他的老家汉中一样，是一座具有两千三百多年历史的江南古城，有优美的自然景观和众多的历史人文景观。自古以来素有丝绸之府，鱼米之乡，文化之邦的美誉，且有南太湖明珠之称。知道了湖州特产有湖丝、湖笔、太湖三宝、双林绫绢、安吉竹扇、长兴紫砂壶、长兴百叶龙、湖州羽毛扇等。还知道湖州的各类美食，有震远同玫瑰酥糖、丁莲芳千张包子、张一品酱羊肉、周生记馄饨、洗沙羊尾、雪梨鸡丝、菱湖雪饺、烂糊鳝丝、藏心鱼圆、湖式剪羊肉、长兴爆鳝丝等。还知道了是浙江先行发展的十四个重点城市之一，是"长三角城市群"成员城市。由此，他才彻底明白，为什么丁赟的父母如此坚决反对她与他的恋爱，如此坚决地反对他们结为夫妻，通过几天的实地观察，他从内心里理解了丁赟的父母，谁愿意将生活在富庶之乡的女儿外嫁到几千里之外的西北贫困山区。孔雀东南飞，现在内地的年轻人都往沿海跑，女孩子无不想方设法下嫁沿海，男孩子也都是拼命挣钱，为得是在沿海发达地区有一个好的栖身之地。通过实地的观看，通过近距离的了解，他对生活在如此优越的地方、生活在如此富裕的环境的丁赟，能够做到优越而不傲慢、富裕而不俗气的超常品性感到钦佩，对她知书、达理、贤惠的高贵品质更是从心底里赞美，他时常感怀，站立于太湖之滨，望着波澜壮阔的太湖，感叹自己真是三生有幸。

邱宏涛到湖州第三天，丁赟在各处做建材生意的父亲母亲才赶回湖州。他们赶回湖州可不是为了与准女婿见面，而是为了给邱宏涛冷脸，让邱宏涛死了娶丁赟的心。邱宏涛没想那么多，他来湖州就是要娶丁赟，就是要让丁赟的父母认可他这个驻守高原的女婿。为此，他不管不顾地张着嘴跟着丁赟叫爸爸妈妈，叫过之后，不管丁赟父亲母亲应不应答，在以后的日子，只要该叫，他照叫不误。丁赟的父亲母亲就像没见着他这个人一样，听着了也不理，有时连眼皮都不抬一下。邱宏涛心里早有准备，因为他在电话里就与丁赟的父亲有过无数次的碰壁，他知道岳父岳母从心底里没有接纳他，他叫他们，他们不理，他也不往心里去，仍照叫不误，他在心里暗下决心：就是一块石头，我也要把你焐热了。丁赟的父亲母亲从走进家门，始终拉着脸，就像被寒风冻僵了，基本上不与邱宏涛说话交流。每天早晨，邱宏涛则主动问寒问暖，可岳父岳母就像没看到没听到一样，即使听到了，也只是用鼻孔哼一声，就当没有他这个人存在一样。

因为每天每时有丁赟甜蜜温暖的笑脸，有丁赟亲切温柔的关心，有湖光山色的美好环境，有足够的心理准备，邱宏涛依旧每天有阳光快乐的生活。只可惜时光短暂，一个星期之后，他告别了让他梦怀萦绕、八年才得以相见的恋人，告别了让他深深爱恋的秀丽湖州。

在与丁赟依依惜别之后，在列车启动的那一刻，他挥着手动情地呼唤：等着我，我很快就会回来的。伴随着列车的轰鸣，他的声音像晴空的一声响雷，在嘈杂的人群中鸣响。

八年的通信，八年的相恋，短暂的相见，丁赟还没回过神来，邱宏涛因工作需要又一时离开了湖州，她牵挂他，想念他，又担心他。他人在车上，心却留在了湖州。

侧记一

我叫顾风雅，从事个体经营。

我与丁赟是闺蜜。在我的印象中，芸芸皮肤很白，文质彬彬，学习很棒，和她走在一起，我是陪衬。她率真而不做作，我就爱跟她一起玩。从小手拉手一起吃遍街头巷尾的每一家干挑面、青团子，走过一座又一座的老石桥，一起分享成长路上各自的快乐、心事、秘密……

在我眼里，在很多人眼里，她就是一个柔弱的妹妹。那个时候一到农忙时节，班级就会组织学生去乡下老师家帮忙，不管她手举得多高，老师都不会请她的。即使去了，也只分配给她送水、送点心之类的事做。不服输的芸芸也和大家一样去割稻子，半天下来她两手都是水泡，但自始至终也没让别人知道过。她从小就很安静，没见过她像野丫头一样瞎疯瞎闹过，更没惹过是非，受了委屈不会跟人争辩，更不会骂人。

日子久了、长了，我也发现芸芸柔弱的外表下有着常人所不及的刚强和坚毅，是经得起苦难的。我一直认为她就像生活在云端，纯净无瑕、内敛秀美，必须是找一个家庭条件很好的人家，不说荣华富贵，至少也是衣食无忧的那种。那年邱宏涛第一次来湖州时，芸芸就带他到了我家里。我虽然知道他们俩的事，但我一直是不支持她的，我认为邱宏涛根本不能给她幸福。见到人以后我也没给邱宏涛好脸色，更没心情留他吃饭。芸芸除了来告别，也希望得到我的祝福，可事实上，她是在我藐视邱宏涛的眼神中失望地分别了。

我无法也不忍想象，她在西北那个大山里的生活，把最难的难题都留给了她一个人，但她一次次坚持硬是撑下来了。我气愤当年追求她的那些人为什么没能把她追到手，气愤世俗的束缚让相爱的人饱受艰辛。每次和家里父母聊芸芸的时候，他们无不例外地惋惜："多好的细婉婷，怎么就那么傻！"

　　分别后，我们联系并不多，这个闺蜜在你资金周转不畅时她虽然帮不了你；但在你生活不如意时却能掏心掏肺给你最大的温暖；在你成功和喜悦时会在一旁祝贺给你鼓励。直到今天，当我自己的婚姻频频触礁后，我终于相信芸芸说的，幸福是靠两个人自己去创造的。的确，社会是个大染缸，可她始终是个异类。不管是欢乐还是悲愁，她都乐意和他一同负担；不管风雨来袭还是风浪迭起都摧毁不了他们的意志。因为，他们感受到的，远远超过享受丰厚的物质生活。

第二十二章

二〇〇六年元月中旬早春初显。邱宏涛怀着急切的心情再一次来到了湖州。

一月的高原，正是寒风刺骨、滴水成冰、风雪弥漫的季节。江南的湖州虽然湿气寒冷，但在那湿气中却蕴藏着早春的气息，太湖上碧波荡漾，成群的鸭子已经忍不住对春天的渴望，在那辽阔的湖面上放声高唱；白玉兰、紫玉兰似乎感受到了春天的气息，已经坐胎、含苞待放；湖边的草地不甘冬天的寂寞和摧残，率先泛出了毛茸茸的嫩芽；姑娘们的裙边由长裙向短裙过渡着，裙边着实向上收了不少，一切都是另一番景象。

为了那鲜艳的结婚证，为了不再耽误时间，邱宏涛这次没坐火车，他直接从西宁乘飞机到了上海，然后从上海转乘长途客车，走高速直奔湖州。那天，天公作美，明媚的阳光映照着江南美丽如画的水乡。由于连日奔波，再加上高原到内地，再从内地到高原，地域和气候的反差，邱宏涛总感到睡眠不足，一路上总想睡觉，可江南的秀美景色让他流连不已，马上与心上人再次相聚使他的心处于澎湃的状态，他努力睁大眼睛欣赏这江南的秀丽田园。丁赟美丽可人的情影在他脑海里交替闪现，不知不觉中，汽车临近湖州，望着那浩渺的湖面，他感到自己仿佛生活在梦中，生活在两个不同的世界里。下午两点汽车准时到了湖州长途汽车站。丁赟早就候在出站口，睁大双眼，看着每一个出站的人，她生怕看漏了自己的心上人。邱宏涛那高高的身影出现了，她激动不已地挥着手，待邱宏涛走出检票口，她不再矜持，不顾一切地冲了过去，一头扎进他那宽阔的怀中。

　　两人手拉着手走出了候车大厅，走进了熙熙攘攘的人流之中。按照约定，为了节省时间，他们打的直接到了民政局婚姻登记所，他们赶到登记所时因为还没到上班时间工作人员还没上班，邱宏涛一看时间充足，决定先解决肚子饥饿的问题。环顾四周，发现婚姻登记所对面有一家"周生记馄饨"的餐馆，邱宏涛知道"周生记馄饨"是湖州名吃，便对丁赟说，我们就吃馄饨吧，来得快，节省时间又好吃。丁赟表示了赞同，说，那就简单点，晚上回家了我再炒菜好好犒劳你。于是两人幸福地拉着手走进了"周生记馄饨店"。邱宏涛点了两个凉菜，要了两大碗馄饨，丁赟心疼邱宏涛，担心他饭量大吃不饱，将碗里一半的馄饨赶到了邱宏涛的碗里。吃完馄饨走出餐厅，此时婚姻登记所大门已经打开。这一次办证人员见了邱宏涛开出的制式介绍信二话没说，就给他们办了结婚证。盖章的阿姨直夸邱宏涛好福气，娶上了既贤惠又漂亮的湖州好姑娘，同时也夸丁赟好眼力，万里之外挑了一个好军人。两人听了夸赞，邱宏涛将一大包从西宁带回来的牦牛粒糖不由分说地送给了办证的工作人员。邱宏涛拿着结婚照看了又看，看着合影照里的妻子像仙女下凡的美女，即使现在自己的手拉着妻子的手也仿佛生活在梦的世界里。昨天、前天，他还生活在一个人的世界里，还处在追求的幸福与相思的苦恋之中，今天一切都幻化成为现实。在走出婚姻登记所时，他像珍藏宝物一样，将那鲜红的结婚证装进了内衣的口袋里，走出大门时他幸福地一把将丁赟揽到胸前，长长地亲吻了一口说："丁赟从今以后，你就是我邱宏涛正儿八经的媳妇了，我会爱你一辈子，我会竭尽全力让你幸福的。"

二〇〇六年一月二十三日，是一个让她们两人一生铭记的日子，是一个让他们两人牵手启航驶向幸福彼岸的日子。为了体验爱情的浪漫，弥补以往没有在一起逛街的经历，回家时，他们没有坐车。邱宏涛说，我要陪你在街上走上一圈，让认识你丁赟的人，都知道丁赟有了自己的心上人，而且还是一个兵哥哥。丁赟笑容满面地说，只要你不怕累，我们就走吧，我要让湖州认识我的人都知道，丁赟嫁给了一个军人。他们像对湖州城人宣誓一样，真的就绕着湖州最繁华的马路上行走，不知疲倦地走了一个下午。丁赟从来没有走这么远的路，从来没有挎着男朋友的臂膀在湖州大街小巷招摇过市，今天即使穿着高跟鞋也没有感到脚疼。当他们坐车回到家里时，华灯已经初上，天已经黑透了。

丁赟的父母还在外地，看家的外婆睡得早，她根本不知道邱宏涛要来，还以为丁赟加班在单位吃饭，也就没有给丁赟留饭。屋里显得有点冷清，好在丁赟乐观，邱宏涛还沉浸在喜悦之中，两人共同下厨，邱宏涛为丁赟做了两道菜，一个是西红柿炒鸡蛋，另一个是青椒炒肉丝；丁赟则为邱宏涛做了他爱吃的红烧鱼，主食是煮挂面。两人像一对老夫妻，相敬如宾地你来我往地给对方夹菜，生怕对方少吃了，一个劲地劝对方多吃点。丁赟更怕邱宏涛饿肚子，吃到一半就说自己吃饱了，邱宏涛心里清楚，知道她是在心疼自己。

江南的富庶与老家汉中南郑相比可谓天壤之别，邱宏涛在内心里为自己的妻子不嫌贫爱富的品质而称赞。因为丁赟的父母不同意他们的婚事，丁赟担心邱宏涛进家门后，受不了父母的冷淡，提前给邱宏涛打预防针，邱宏涛则大大咧咧地说，高原那么寒冷，我都能挺过来，冷淡有什么好怕的。丁赟开心地说，你别给我贫嘴，爸爸妈妈心里憋气，说话自然不好听，你可受得了冤枉气？邱宏涛信誓旦旦地说，"你放心吧，在五千多米的唐古拉山待了那么久的人，虽说无法长到唐古拉山的高度，可我有唐古拉山一样宽广的胸怀。"丁赟笑着说，"只要你受得住冷淡，听得住气话，我就放心了。"

丁赟的父亲母亲是在邱宏涛住进家里第二天的晚上才从外地赶了回来。他们对邱宏涛再一次不请自到，心里很有想法，于是共同以满脸的不痛快表示了自己心中的不满，但又碍于女儿的面子和自尊心，他们又不好当面发作，更不能将邱宏涛轰出家门。看着邱宏涛为他们端茶倒水，他们喝下的水，仿佛就是一杯苦酒，脸憋得通红，却无法泄出心中的怒火。敏感的丁赟给邱宏涛使了个眼色，邱宏涛心领神会地退到了丁赟弟弟的房间，并关上了门。丁赟的父亲压着怒火说："这小子怎么又来了，难道非要娶你吗？"

丁赟知道今天晚上不能与父亲硬对硬，因为父亲正火气冲天，于是笑吟吟地说："爸爸，气大伤身，您和妈一路上辛苦了，早点洗了休息吧。"

妈妈也跟着说："我们生意都不做了，回家来就是处理你的终身大事。"

丁赟站起来走到爸爸身边续上开水说："妈，看你说的，你闺女好着呢，能有什么问题。"

父亲板着脸说："这小子是黄鼠狼给鸡拜年，没安好心。"

丁赟说："看您说的，人家是光荣的解放军，哪里是什么黄鼠狼。我明天还上班，先睡了，等你们消了气，再说。"

第二天晚上，丁赟见父母脸色和悦，比刚回家时好看多了，于是按照先前的谋划，邱宏涛在吃完饭帮助收拾好餐具后，就一个人进了弟弟卧室。丁赟待母亲忙完家务坐下来后，她才一五一十地对父亲母亲讲了自己擅作主张拿结婚证一事的前前后后。父亲还没听完，红润的脸色顿时变得铁青起来，他不待女儿讲完，就噌的一下站了起来，怒火万丈地说："女大不由娘，由你去吧，没出息的。"说完转身从客厅进了卧室。丁赟从小长大还没见父亲发这么大的火，一时愣在了那里。母亲听了犹如晴空霹雳，一时仿佛天塌下来一般，忍不住放声大哭起来。丁赟知道母亲一遇大事，痛苦的表现就是哭泣。母亲抑扬顿挫的哭泣声音，像钢锯一般在丁赟的心头锯着，她实在控制不住地跟着哭了起来。邱宏涛闻声开门走了出来，他一时不知怎样去劝，只好一个劲儿地说："妈，别哭了，都怪我，是我不好。妈，你千万别怪赟芸，这一切都是我的主张……"

邱宏涛与丁赟从写信交朋友到确定恋爱关系，从谈婚论嫁到上门认亲领结婚证，从一开始丁赟的父母都一致表示反对，从来没有松过口，他们压根不想自己的宝贝女儿嫁到偏远的西北，更不想让自己的女儿嫁给一个高原军人过两地分居的苦日子。为此，他们把女儿痴心不改的一切责任归咎于邱宏涛，他们认为是邱宏涛的花言巧语俘获了女儿的心，是邱宏涛死皮赖脸的追求让女儿善良的心无法拒绝。无论女儿怎样讲是自己爱的选择，他们都无法接受，从心理上排斥抵触那个叫邱宏涛的人，有时甚至把他当成骗子。他们从内心里恨邱宏涛骗走了自己含辛茹苦养大的闺女，恨他将自己的闺女将从繁华的江南带到偏僻的西北乡村。邱宏涛充分理解两位老人的心，他以赎罪之心，只管埋头做自己的事情，每天早起像在部队一样打扫卫生，擦了地板抹桌椅，擦了窗子抹柜子，一日三顿饭也尽显在高原学到的好厨艺，反正在丁赟家的那段时间里，他是什么活都干，什么气都乐意接受。就是这样，他也没能赢得丁赟父亲的理解，也没能得到丁赟父亲的认可和接受。一次酒后，丁赟的父亲以忍无可忍的刻薄语气对邱宏涛说，"难道你老家的女孩子死光了吗，非要到我们湖州来娶我家的闺女。"邱宏涛听了如利剑穿心，心里虽然万般的难受，但他什么都没说，他从丁赟父亲那充满血丝的眼睛里看到了为人父的苦心与不易。可怜天下父母心，谁不希望自己的女儿出嫁之后近在身边，谁不希望自己的女儿婚后过上幸福的好生活，谁不希望自己老有儿养。面对岳父的不认可、不接受，邱宏涛只能沉默，只能忍受，只能把无奈的泪水倒流自己的心海里。

他明白，这是爱必须付出的代价。

侧记二

我叫王晋飞，二〇一一年十二月从山西榆社入伍，总后青藏兵站部输油管线管理团二营八连文书。

刚到管线团，邱班长的大名就如雷贯耳，就是一直没有机会识得庐山真面目。二〇一二年的七月，我被分到了唐古拉山，终于有了与邱班长共事的机会。身为唐古拉山资格最老的老兵，他不摆老资格，真诚、热情的他给我留下了深刻的印象。刚到唐古拉山，一下车，邱班长就过来帮忙提箱子，热情地问我："感觉怎么样，有没有高原反应？冷不冷？饿不饿？"听到这些话，灰暗的心情，疲惫的身体，顿时感觉轻松了许多，就像回到家一样随意。终究还是没能躲过强烈的高原反应，头痛，由外到里，如钻如磨地痛，人困想睡觉却怎么都睡不着。在这期间，邱班长就如同父母一样，端茶递水，嘘寒问暖，照顾得无微不至。参军到部队，远离亲人，能得到老班长给予的温暖我非常感动。不管是在哪里，生活原本就是一点点一件件小事组成的，人的情感也是一天天一年年慢慢堆积成山的。渐渐地，相处的时间长了，邱班长的称谓也被"老邱"取而待之。

在工作方面，老邱绝对是一把好手。在连队，我是文书，可我对五大工种的专业技术充满了好奇。每次设备维护保养检修，我都积极参与，从中也学习到了不少必要的知识。老邱在柴油机方面是绝对的能手，我有什么不懂、不会的地方第一反应就是去请教老邱。他乐意和我们进行言之有物的心灵交流，奉献出他从长久的观察、反复的思考中得到的主要收获，说出来的也都是经验之谈，真知灼见。他会不厌其烦地讲解，不懂不会的他会从不同层面进行反复讲解，实物指点，直到你明白为止。

工作之余，我们都喜欢找老邱聊天。对新兵，他从不摆架子，他会掏心窝，讲真情，说真话。我们在一起谈工作，聊人生，说新鲜事，也讲老故事。也许我们在高原上真的太寂寞了，话题会扯得很远、讲很多。我最爱听的是他当新兵那会的故事，听着最有意思的也是那会儿的有趣事。听他讲故事其实就是在忆苦思甜，时时刻刻有形无形地教育我们，说着说着我似乎能看到老邱背着一座山的记忆，从远方走来，又奔向另一个远方。在旁边听的人一个个多起来，大家却什么也不想说，什么也不想做，默默地……仿佛和老邱、那些老班长们一起重返那些激情燃烧的岁月，感觉心灵得到了净化与升华，感觉此生有幸能和老邱成为一个连的战友是多么自豪和骄傲。也让我们不由自主地珍惜现有条件，好好干工作。老邱聊起来最认真的莫过于工作，只要是涉及柴油机专业，就像变了一个人似的，滔滔不绝——如何判断柴油机有故障，出现各类故障后，柴油机会有什么样的表现，该如何解决——无比认真，无比投入。

从一点一滴的小事中，足以看出一个人的品德素质。老邱有生活情趣，有精神气质；还乐于助人，谈吐文雅；工作一丝不苟、耐心帮教。我想，正是这种踏踏实实、兢兢业业的品格作风，十几年如一日地坚守，让我对老邱的敬畏和崇拜更加强烈。通过他，我在历史、今天和未来的坐标系中找到了自己的位置，所以老邱称得上是一个能够照亮他人内心的人。

雪域铸魂，高原砺剑，是我们当代革命军人的职责使命所在。在青藏线上，一代代雪域骄子忠肝沥胆，一茬茬天路将士驰骋疆场。老邱这样的老兵，十几年如一日地坚守雪域高原，他能让我们记住的是他曾经的辉煌；留给我们的是无尽的财富；让我们敬佩的是他高尚的情操。生命之所以宝贵是因为只有一次，我们高原军人的青春应该是这样度过的：当回首往事的时候，不会因在高原无所作为而羞愧；进入暮年之后，就可以自豪地说：我的整个青春和全部精力，都献给了壮丽的国防事业，这是一件非常幸福的事！

第二十三章

　　江南多雨，细雨纷纷。阴冷潮湿的天气，让邱宏涛很不适应；在低海拔的平原生活，无处不在的充足氧气，又让邱宏涛时常处于醉氧状态，脑海里整日昏昏沉沉。丁赟父母的不待见，不与他说话，而他的热情又常常是热脸贴冷脸，让他很不自在，时常陷入内疚的漩涡之中。他每天忏悔着，默不作声地做自己该做的事情。好在有丁赟的爱抚，有丁赟开心的笑脸，有丁赟温暖体贴的呵护，没有使他感觉到时间难熬，相反感到时间流逝得太快。按照两人的规划，他们又该上路了，在春节前赶回汉中老家过年，可是丁赟是一个心地善良的女孩，她无法张口跟父亲母亲提出自己要随邱宏涛回老家汉中南郑去过年，更没法张口说自己要跟邱宏涛到南郑举行婚礼。可是过年的日子一天天临近了，再不上路，只怕是只能在列车上过年了。邱宏涛又根本无法提出，因为丁赟的父母亲一直从心里排斥他，有时甚至是敌视他。丁赟在邱宏涛的一再鼓励下，终于，瞅准一个机会，在一个一家人看过一档让人开怀大笑的综艺节目的晚上，丁赟趁着父亲母亲脸上还挂着笑容，向父母谈了自己的想法。父亲一听说女儿将要随不待见的女婿远行，顿时暴跳如雷。可他又不能动手打自己的宝贝女儿，因为女儿从小长大，哪怕是怒骂训斥，他几乎就没有高声怒骂过一句难听的话，这个善解人意的聪慧女儿，让他们夫妻始终疼爱有加。丁赟的父亲只能哀叹怒骂自己前世没做好事，养下了不争气的女儿，女儿却不愿意跟随在自己周围，而是要远嫁他乡。母亲听后，霎时间号啕大哭起来，因为母亲一生沉默寡言，那撕心裂肺的哭声就是有声的抗议。

电视又换了另一个节目，父亲拼命地在吸烟，那火星燃烧得是那样凶狠，就像要吞噬所有一切人间的烦恼和忧愁。母亲哭声逐渐变得相对平缓，不再是那样高低起伏。丁赟一直默默流泪，她的手帕已经能够拧出水来。

夜已很深了，黑色的夜空只有蝙蝠在空中穿梭飞行。父亲突然站起来，高声决绝地说道："你要是走了，以后就别回这个家。"说完，愤懑地走进了自己的卧室。母亲也站了起来说："你可想好了，到时候别怪你妈心狠。"

客厅里只剩下了丁赟，她深知，父亲的最后通牒，是父女血缘亲情不得已而为之的一时气话，是向懦弱者发出的无赖挽留，是难舍之下的真情呼唤。丁赟则没有任何道路可供自己选择，她只能勇敢向前冲破黑夜，朝着黎明走去。

这一夜她几乎没睡，她一直在收拾自己要带走的东西。因为要装的东西太多，两个大大的行李箱根本无法装下，邱宏涛像一只勤劳的蚂蚁，一会儿按丁赟的要求把装好的衣物取出来，一会儿又把一件刚挑出来的衣服再重新装回去，即使箱子再挤，邱宏涛写给她的信，她却如珍珠般地一封不少地装进了箱子里，她说这些信件，是她日后与邱宏涛分居两地抗拒孤独和寂寞的精神食粮。

　　公鸡开始打鸣，喜鹊也开始了一天的辛劳。天蒙蒙亮的时候，他们俩都起了床，不约而同地走出房间，客厅里只有外婆一人坐在那里，桌子上已经摆好了早餐，却没有见到父亲母亲，外婆说：你爸爸妈妈受不了与你分别，他们出去散心去了。你们也不用等他们，赶紧吃饭，别误了火车。丁赟没有一点心思和胃口，外婆又说上了，这是你妈做的，昨天夜里，你爸抽了一夜的烟，你妈也哭了一个晚上，天没亮就起来给你们做了饭。吃吧，这一别还不知哪一天你才能吃到你妈做的饭了。丁赟抽泣哽咽着喝了母亲熬的粥，吃了母亲泡的酸萝卜、煎的荷包蛋。

　　出门前，丁赟再一次紧紧地拥抱外婆，她是在外婆呵护下长大的，从小与外婆建立了深厚的感情，依依惜别只有泪水洗面。临出门时，外婆含着泪紧紧拉着她的手说："芸儿，要是在那边过不下去，过得不好，你就回来，爸爸妈妈不收你，你就到外婆家。"丁赟听后，一时泪水汹涌而出，她紧紧地抱着外婆泣不成声。哭过之后，她擦干眼泪对外婆笑着说："外婆，您多保重，我会抽时间回来看您的。"

　　在丁赟走出从小长大的庭院前，她感到自己就是一只小鸟，如今要飞出庭院，飞到很远的地方与自己的心上人建立自己的爱巢。她恋恋不舍地站立于庭院中间，蜡梅开得正旺，香气扑鼻；光秃秃的广玉兰正积蓄一个冬天的力量，将芽苞一天天撑大；初升的阳光下，几只灰麻雀站在树枝上来回的跳动，以喜悦的心情唱着自己的情歌。邱宏涛背着一个大包，左右手各拉着一个大提箱，站在大门口，耐心等待丁赟对自己生于斯长于斯小小庭院的回眸，就如他自己当兵前离开家的那天早晨，他一个人早早起了床，一个人沿着乡间小道，边走边看一畈一畈绿油油的麦田，袅袅上升的炊烟。离别之时，他才觉得故乡是那样的美，乡土的味道是那样的浓香，至今都记忆清晰。丁赟环顾自己成长的庭院，再次将目光聚集到外婆的身上，外婆已经泣不成声。她再一次深情地冲着外婆叫道："外婆，回屋吧！过一段时间，我会回来看您的。"

虽说，丁赟的父母自始至终都坚决反对她远嫁他乡，但他们始终牵挂着女儿，当女儿女婿在汉中买房缺少资金时，他们抛弃怨恨、毫不吝啬资助女儿女婿；当他们得知女儿女婿房屋装修需要钱时，他们又毫不犹豫地出来填补缺口。这一切当然都是后话。

丁赟自大学毕业之后，就没有离开过湖州。这一次真正的离开了！随着火车一声长鸣，火车缓缓离开了湖州车站。丁赟两眼目不转睛地看着站台，她在内心里渴望此时父亲母亲能够出现在站台上，盼望之中，最终她失望了。在送站的人群中，她没有看到父亲母亲，她想父亲母亲真的是由爱生恨不肯原谅她了。她想自己又有什么办法能够两全其美呢？为了爱情，她只能背弃父母的情感，才有了如此让人难以接受的局面。钢轮在铁轨的接口摩擦发出的哐当声在耳边回响，她的心没有柔弱，反而强大起来，看着面前的邱宏涛，她更加坚信自己的爱情，深信自己的日子不会过到那一步，她在心里一遍一遍地说："丁赟，你要坚强起来。"

火车呼啸着向西北方向驶去，随着故乡渐行渐远，两旁的田野乡村城市越来越陌生，她身旁只有邱宏涛这个唯一的亲人了，想到亲人她便禁不住深情地依偎在邱宏涛的怀中。火车一路向前，过南京，穿徐州，火车在轻轻地晃动；一跨黄河，再过郑州，再过洛阳，过潼关，一路激动，一夜几乎未合眼。她疲劳至极地进入了幸福的梦乡。梦中，一只蝴蝶在庭院里翩翩起舞，忽高忽低的轻盈姿势美极了。她穿着拖鞋拿着小摇扇在院子里追逐，她欢快地追着，叫着。那是儿时重复了多少次的美梦，这个美梦像生了根一般在她脑海里不断地发芽。每当她心里溢满了甜蜜的幸福，感受到了满足和安详，这个梦就会像放电影一般重复地播放。

第二天的早晨，他们顺利抵达了西安。他们没有在西安停留，而是在火车站附近的长途汽车站直接坐上开往汉中的长途汽车。那时，从西安到汉中的高速还没有修通，西安至汉中的公路绝大部分穿行在崇山峻岭的秦岭之中，崎岖陡峭的山路险要无比。为了安全，人们大都选择上午从西安回汉中，所以邱宏涛为了抢时间，出站后就直接到了长途汽车站。进山的路既漫长又惊险，从小在平原上长大的丁赟，从来没有见到如此陡峭的大山，从来没有坐车走过如此险要的山路，汽车在山谷里行走，就像一条小船行驶在波涛浪谷之中。最让人害怕的是，因山路太窄，汽车一边贴着崖壁，一边就是万丈深渊；因为路太陡，加上长时间的爬坡，汽车爬山就像一个气喘吁吁的老人，让人担心随时熄火；有上坡就有下坡，下坡时刹车发出的吱吱声，让人听了毛骨悚然；汽车拐弯时更让人害怕，有时车头仿佛伸了出去，随时都有可能发生坠崖的危险，这一切都吓得丁赟胆战心惊。她既紧张又害怕，她本能地一只手牢牢抓住扶手，一只手紧紧握着邱宏涛的手，生怕发生一丝意外。

下午四点钟的时候，汽车终于到了汉中，他们肚子早已饿得肌肠辘辘，在靠近汉中时，邱宏涛就说了，下车就请丁赟吃汉中热皮。汉中凉皮是汉中的一大特点，冬天天冷，胃肠不好的人是吃不成凉皮的，为此在汉中小吃之中就有了凉皮和热皮，冬天吃热皮，夏天吃凉皮，热皮与凉皮的味道一样精美。丁赟也许是饿了，也许是热皮好吃，她呼啦啦地吃了两碗。

冬天的太阳是那样的软弱无力，不到四点就有了隐退地平线的意思。邱宏涛请丁赟吃完热皮，两人就上了开往南郑的中巴车，从汉中到南郑还有将近两个小时的路程，好在路途平坦，在靠近南郑时才是起伏的丘陵。天很快黑了，到达南郑后，他们又马不停蹄地上了一辆破旧的中巴车，半个小时后他们辗转到达邱宏涛的家乡辛集小镇。月光下的小镇黑灯瞎火的，只有孤零零的几个路灯亮着微弱的光，凌乱不堪的街道上只有孤零零的行人迈着匆匆的步子在路灯下一晃而过。哐啷作响、喘着粗气的小巴士进到镇子后，在新集农贸市场的大门口停了下来，小巴士上的人不多，一路上都在浑浑的沉睡，车停稳后，有好几个还在梦里没有醒来，在司机大声的吆喝下才醒了过来，齐声说，太快了，觉还没睡好。司机笑骂着说，快下车，回家搂老婆睡觉去。其实一路上，丁赟也都在睡觉，快停车时，邱宏涛连叫了好几声，她才从香甜的睡梦中醒来。当小巴士停稳车后，刚才还漆黑一团的农贸市场大门一下子亮了起来，那些停在四周的农用三轮车一齐点火，为的是拉上当天最后一班客人。邱宏涛与丁赟下车后，挑了一辆看起来车稍新、稍大一点还有棚布的三轮车，讲好了价钱，沿一条乡间小道向着木坪村开去。

乡村的夜晚是寂静的，除了零零星星的狗叫，几乎就没有其他任何的声音；乡村的夜晚是漆黑的，房子是黑色的、田野是黑色的，就连走在田野里的人也是一个黑影。只有三轮车的声音在黑夜中回响。

侧记三

我叫胡爱珠，是丁赟的母亲。

我们给女儿取名"赟芸"，是希望她能在芸芸众生里做一个始终心怀美好的人，"赟"字拆开有文有武，也是我们对她寄予了文武双全的期望。芸芸生下来时是一个先天不足的早产婴儿，非常的弱小，就像一只没有任何反抗能力的小老鼠，不会哭不会吃。以至于多年以后，很多长辈见到长大以后的她都会满怀感慨、充满爱怜。

这样一个孩子却在 3 岁时就早早地长大了，她弟弟小她 2 岁。那时候，我一手抱着她弟弟，一手提着换洗的衣物，带他们姐弟到外婆家。走在路上，芸芸见我累了，总会抢过快赶上她个子一般大的包，一会扛着，一会背着走。弟弟会走路了，但偷懒不肯走，芸芸就会千方百计吸引弟弟，跟他比赛谁跑得快，用孩子各种小小的"阴谋"哄弟弟乖乖就范。上小学那会,芸芸不仅把自己的功课学好了,还能过耳不忘地背诵高年级的课文。老师们都宠着她,由着她,越是这样,她越是追求完美,带病上学,从不请假。记得她亲舅舅结婚那次,我们给老师说提前一节课接走,老师也同意了,但这孩子就是不,硬是等到正常放学时间才肯走。平常放学后,班里有同学被老师留下来补作业、背课文之类的事,总是让她负责监督,有时回家迟了,路上大人故意取笑、逗她玩,她也不辩解。芸芸9岁那年,她爸爸要单独出去做生意,一个人不行,我左右为难,两个孩子都很小,怎能离得开大人?这时芸芸好像一下子长大了,主动找我们表明自己的心意,并斩钉截铁地向我们许诺:"你们在不在家,我都会带好弟弟,不会让你们操心。"让我们尽管挣钱去。生活上不能完全自理的问题她有办法让外婆住到家里来照顾。我们惊讶小小的她脑子里想到了方方面面的东西,还做了周全的安排。就这样,芸芸用她的坚定给了我们信心和勇气,让我们为这个家找了一个光明的前途,我们才得以放开手去闯荡。

小孩子都馋嘴,儿时的芸芸也不例外,我们给的零花钱虽然少而且也偶然,但她从不开口讨要,反倒是我们想方设法去讨好她,问她要什么东西,她才会很小心翼翼地要一些她想要的东西。也有亲戚在学校边开商店的,只要踏进店,随便她要什么那都是看到就随便拿走的小事,但她真的很有定力,几乎没有白要过一样东西,哪怕一颗糖果一包瓜子。其实在我和她爸爸心里,两个孩子我们更心疼宠爱芸芸,"责任"两个字她懂得太早了,善解人意起来比大人都明白事理。女孩子都爱美,喜欢漂亮衣服,但她秉性一直没有变，看到别家孩子穿着新衣服，她也眼馋，但她想到我们顶着严寒酷暑，冒着风雨冰雪，没日没夜奔波在路上，想要开口的欲望都控制住了，这些也都是后来我们从她的日记里读到的。外婆照顾他们姐弟三年多，后来他们只能成为寄宿生。所以日常开销都放在家里的抽屉，随他们自取自用，由于我们外出时间没个定数，尽量会多留一些钱给他们。两个孩子都学会了合理分配，精打细算，甚至开始节约花销，他们把自己的生活安排得很有条理。

我的父亲早逝，母亲 40 岁开始就独自带着我们姐弟三个过日子，因为能力有限，我的小弟弟做了上门女婿，全家人都事事以小弟的上门女婿身份为前提，这些点滴也入了芸芸姐弟的眼，从小他俩都像大人一样对待小舅舅家的事，替小舅舅顾颜面、争骨气。芸芸懂得为他人着想，顾全大局，每次去小舅舅家她都会把自己省吃俭用下来的零花钱毫不吝啬地给表妹买她爱吃的零食。我们每次到她小舅舅家，尽量到市场上买最高档的水果，后来也听芸芸讲，她很想尝一尝，但想到小舅舅比别人要付出更多的努力就忍住了。同样，学校回家必经之地就是她大伯家，因为明白大伯家是个 7 口人的大家庭，奶奶要照顾他们一家子的生活，知趣的芸芸体谅奶奶的难处，也从不埋怨奶奶对他们的疏忽，不给奶奶添负担，不去打扰大伯一家惯有的生活秩序。

两个孩子住一幢清冷的房子，芸芸带着弟弟坚守了整个学生时期。那些年，我们一家四口从两地变到后来的三地，我和他爸爸即使回家也总是匆匆忙忙来来去去。沟通交流的方式仅靠家中餐桌上的一个笔记本，4 个人，4 种笔迹，里面有他俩学习成绩的汇报，有他们计划什么然后征求我们意见的，有他们为人处世方面细节上的困惑……我们啰唆的留言下面出现最频繁的还是芸芸对我们的牵挂和安慰，对她弟弟的叮咛和嘱咐。每次回到长期锁门的家，窗口万家灯火，我们家在这片温暖之外，也心酸也无奈，可还能从孩子的留言里看到满满的希望和力量，于是咬咬牙又开始突破一桩桩新的生意。由于内疚，我们能给孩子的只能是物质上的保障，在别的孩子每月 250 元的生活费标准时，我们给到他们每人 800 元。芸芸的手上还会有一笔以备不时之需的钱，我们没有也无须刻意交代她不可轻易动用这笔钱，把家交给女儿我们很放心也很安心。而男孩子进入青春期后叛逆、捣蛋，她弟弟也不例外，离开了芸芸的近身督促后，和同学一起挑灯赌博、旷课……我们身在异乡，眼看着儿子走下坡路但又束手无策。一封封饱含诚恳的信寄到了儿子的老师手里，被感动的老师也特别关注了我们淘气的儿子，所幸一切担忧的事后来都没有发生。

转眼间到了芸芸毕业找工作，人家的父母到处找门路、拉关系，我们却没有为她操一点点的心。第一个月的工资，她给外婆和我各买了一件衣服，之后每个月都会留给她外婆三分之一。对于看着她成长起来的两位老人——外婆和奶奶，芸芸有她独到的见解，外婆眼光狭隘，在乎物质的。奶奶经历丰富，有思想，注重内涵。所以对奶奶的孝顺，她更多的是付诸具体行动。奶奶眼睛花了，平时做针线活穿针引线很费事，她会把所有的针都事先穿好线给她奶奶备在那里。她奶奶有 5 个孙女、5 个孙子，年纪大了腿脚屈伸不便，脚指甲、手指甲的修剪却一直只是芸芸的专属事情，只有芸芸懂那是一双什么样的脚，也是这个有着大智慧的老人曾经一度责备我们对芸芸的偏爱，无数次地告诫我们"女子无才便是德"的含义。然而她奶奶在看到成人以后的芸芸坚强又独立时不止一次地抹眼泪。

说心里话，我们根本不愿意接受女儿在某一天理智尽失，抛下她深爱的一家人执意远嫁到想都不敢想的大西北，愤怒的火焰，无言的失望，我们都难以释怀。二〇〇五年我们过了一个寒冷刺骨的漫长冬天。尽管看着她给我们的以及她和宏涛来往的信件我们也感动也能理解，可真的就是舍不得女儿去那么遥远的地方。常言道，婚姻像鞋，合不合脚，只有自己知道。另一句话是，没有最好的，只有最适合自己的。好在我们还算清醒得不是太迟，坦然地正视自己的女儿，一个平衡的心态，不攀比，不追风，听从孩子的心声，发现了自己当初很多不该生气的时候生气了，不该恶语中伤的时候却中伤了他们。以爱的名义自私地阻止他们，更吝啬于给孩子一丁点的温暖和鼓励，没有为两个孩子撑起一片无雨的天空。现在九年时间都过去了，女儿女婿悉心经营、彼此珍惜、甘苦与共、温暖如初，我们很欣慰，祝福我的孩子永远幸福地走下去！

第二十四章

　　乡村的太阳每天都是崭新的，新得直晃人的眼睛，新得让人激动得心跳。

　　第二天，丁赟一觉醒来已经是上午十点。一路的疲劳在乡村的安静中被洗涤得一干二净，温暖旅途凝聚的幸福一直在她香甜的梦中萦绕。本来她还可以继续地沉睡，继续地做那绵密的美梦，可是她的美梦还是被前来观看新媳妇的嘈杂的说话声给吵醒了。起因在于天亮之后，邱宏涛骑着自行车到镇上买菜回来，遇到了几个早起的乡亲，而同村的乡亲们早就从邱宏涛母亲那里得知，这一次邱宏涛将从江南带一个漂亮的媳妇回家。他们见邱宏涛自行车后的菜篮子装的全是新鲜好菜，在接过邱宏涛递过来的香烟之后便问，这是喜烟吧，喜烟哪能只给一根。邱宏涛满脸幸福地笑过之后，马上又递上一根。邱宏涛虽然没说一句话，但乡亲们还是从他幸福的笑脸中得到了答案。他们心知肚明不再多问，分别时，邱宏涛会以家乡的风俗顺嘴一说，到家里来玩。如果是要好的兄弟，同样会礼貌地回上一句，你要是看得起，带上嫂子到我家去喝酒。相互之间看似说的是客套话，其实是淳朴的乡村人与人之间的真诚。如此一来，有怀着好奇心来看新娘子的，也有既看新娘子，又是为了来喝酒吃肉的。在邱宏涛所在的木坪村，乡亲们并不小瞧那些借着理由到邻居家里要酒喝的人。要是谁家里有了喜事，都盼着有人来热闹，人来的越多，越证明自家在村里很有人缘和人气。他们把时间拿捏得很准，一般都选在上午十点钟左右，如此一来，有结伴而来的，也有单个串门的，有心直口快的老远就会大声嚷嚷或者嬉笑打骂，为的是引起主人的注意。当他们走进院子时，主人早就拿着烟候在了大门口。木坪村的村民们相见，不像城里人那样温文尔雅，他们总是大惊小怪的高声叫嚷，不然就有人说你不亲热，这是木坪村人热情好客的一个共同的特点。夸张的大笑，扯开嗓门的对话，自然惊醒了睡梦中的丁赟，她本来打算早点起床的，担心睡懒觉在木坪村留下不好的印象，没想到睡得太沉，也就睡得日上三竿。

听到客厅和院子里乡亲们的吵闹声，丁赟赶紧洗漱，并进行了简单的化妆，然后走出屋见那些来看她的人。

客厅里、院子里坐满了一个个陌生的面孔。丁赟落落大方地跟着邱宏涛叫人，什么大伯、大舅、大姨、二姨，一圈叫下来，丁赟一个也没记住。乡亲们在见过丁赟后无不夸赞，邱宏涛有本事，真的就娶回来了一个美女，比挂历上的美人还要好看。其中有一些比邱宏涛年纪轻的年轻人，本来打算见了新嫂子后，要过过嘴瘾，他们没有想到，眼前的新娘，虽然美丽却不妖艳，她那未施粉黛的脸颊发出一种青春艳丽的光芒，柳叶眉下的一双眼睛清澈地映出太阳的光辉。她走路时，腰身并不扭动，而是笔直地挺着胸脯，自信的神情中流露出从容与亲和；粗略一看似乎拒人千里之外，仔细端详她又是那样自然随和，一切近在眼前。面对丁赟落落大方的端庄举止，说话得体的言语表达。一向说话粗鲁爱与嫂子们开玩笑的小伙子们，一个个丧失了野蛮的冲动，一个个手足无措结舌无语，一个个丧失信心退到了一边。丁赟的美让木坪村人大开眼界，最终一传十、十传百，那些怀着望梅止渴心态的人，便找各种理由登门一瞧，为的是看一眼邱宏涛娶回的美人儿。

　　按说，邱宏涛父母应该给邱宏涛举行婚礼的，可是面对丁赟的美貌，生长于富饶之乡的优越条件；面对丁赟受过高等教育的优良素质，有过较好工作的体面生活。邱宏涛的父母亲打起了小算盘，这儿媳能留在贫穷的山窝窝里吗？这儿媳能跟自己的儿子过一辈子吗？丁赟表现得越出色，越受乡亲们的夸赞，他们心里越是没有底，越是没有自信。如果担心终究会成为现实，举办婚礼只能让人笑话，让人笑话的事情是不能做的。为此，他们已经筹划好儿子举办婚礼的事情就在马上过春节的紧迫时间中拖了过去。作为新娘的丁赟从内心里，她是希望也时刻期盼着做一次真正的新娘，那是她人生的必然经历。在火车上，在长途汽车上，在翻山越岭的险途中，邱宏涛给他讲了许许多多关于老家小伙结婚娶媳妇稀奇有趣的故事，诸如同吃一个苹果、讲恋爱经历、谈多久就上了床、新婚之夜躲在床下偷听等等，每次邱宏涛讲到惊心动魄处，丁赟既担心害怕，又觉得如此结婚也是人生难忘的记忆。丁赟是一个既理性，又万事善替他人着想的人。邱宏涛不说，她也不提，更不会主动去问邱宏涛的父母为什么不给儿子举行婚礼。婚礼的期盼，在春节的鞭炮声中晃了过去，大度的丁赟并没有把婚礼一事放在心上，她每天乐呵呵地就像一个小女孩子跟着邱宏涛四处走亲戚。

爱一个人，就得爱他的故乡，爱他的父母和他的乡亲，爱那里的一山一水，否则这种爱就不会长久，会因他的家乡贫穷落后而嫌弃，会因他的父母没有文化而产生情感的代沟，而亲情疏远，会因他所处的环境物质条件差交通不便而无法适应，而选择逃离。丁赟这个生长在江南水乡、有知识、有文化、有理想、有追求的女子，刚来南郑当初，首先对邱宏涛家乡人爱吃辣椒等重口味很不适应，上了餐桌，她基本上不动筷子，可热情的主人，以为是新媳妇假装客套，都会热情主动并不停地给她夹菜，为了让自己少吃一点，她只得紧紧将碗抱在手里，一旦发现有人要给她搛菜，她会马上用手去挡；另一方面她会主动搛菜，一来二去，她很快适应了南郑的菜味，觉得南郑木坪村的菜与家乡略带甜味和清淡的菜系一样好吃。南郑木坪村与四川接壤，那里的人说话，既有陕西的味道，又有四川的口音，形成了浓郁的地方口音和方言，对丁赟这个江浙女子来说，听他们说话就像听天书一样，在交流过程中，要想知道人家说什么，她必须借助邱宏涛这个翻译。于是丁赟就从当地方言土话学起，过不几日，聪慧的丁赟就不用邱宏涛这个语言交流的拐杖了，她不仅能够听懂，还能用当地话与木坪村的父老乡亲进行交流。

邱宏涛的家远离乡村公路，每次从镇上回来，或者是到镇上去，或者是在木坪村走亲戚，并没有水泥柏油路可走，那乡村土路，是雨天泥泞难行，晴天满是灰尘。邱宏涛家的房子虽说是二层楼房，受经济条件限制，房子建得非常普通。二层的砖坯楼房，楼上楼下各三间，一楼一进门是招待客人的堂屋兼做吃饭的餐厅；客厅两边，靠右手边是邱宏涛父母的卧室，左手边是邱宏涛与丁赟的洞房；楼上三间，一间由邱宏涛的弟弟住，一间来了客人住，一间是装粮食和杂物的仓库。所有的房间只是靠南面开了一个窗子，因为靠北面的墙没开窗子，所以谈不上通风采光。院子没有铺水泥，是自然的泥土地，下雨的时候，院子里也满是泥泞。冬天，坐在屋里潮湿阴冷，只要是晴天，丁赟都会拿一把椅子，来到室外晒太阳。院子没有院墙，院墙由四季常青的蜡树、冬青、樟树和竹子自然围成，给人以庭院深深的感觉。虽然是深冬，可那蜡树、冬青、樟树和竹子依然如故地旺盛，各自散发出各自的香气，直扑人的鼻子。树木、竹子和荆棘形成的自然围墙外，是灌溉农田的水沟，水沟里一年四季水流不断，潺潺而流，叮当有声。水沟旁是形状不一、大小不一、高低不一的田园，如此美好的田园风光，时常让丁赟想起"小桥流水人家"、"采菊东篱下，悠然见南山"等美好的田园诗句。每次丁赟跟邱宏涛出门，她虽然害怕走那泥泞难走的乡村小道，可她又一时也离不开邱宏涛，她只能不顾泥泞，不顾弄坏了皮鞋，不顾弄脏了衣服，不顾在泥泞里滑倒摔跤。汉中虽不像江南那样多雨，可那年的春节前后，年前却出奇地一连下了几场雨，年后又下了一场雪，木坪村的乡亲们见了雨雪，都说今年是个好年月。房子四周麦田里的麦子因冬天缺雨而枯黄，春节前后经雨水和雪水的浇灌顿时变了模样，绿油油的闪烁着春天的气息；油菜地里的油菜像竹笋一样，几天的工夫就长高了许多。走在乡村的土路上，麦田和油菜共同散发出来的淡淡芳香直沁入她的五脏六腑，闻惯了这种芳香味道的木坪村人早已习以为常，对丁赟来说就十分的新鲜。只要天气好，有太阳，她都会拉着邱宏涛到乡村的田野上走上一圈，这种与自然、与大地紧紧融为一体的乡村田埂上的漫步，一时成为木坪村的独特风景。在月色朦胧的晚上，她也时常与邱宏涛在乡村的小道上走一走，乡村夜晚的宁静，让他们得以进入二人世界的天堂，情到深处，他们有时干脆坐在田埂上，相互依偎在一起，看天空的月亮和星星，听麦子嗞嗞拔节的声音，那声音是如此的清脆，声调是那样的一致。不知不觉中，丁赟发现自己像邱宏涛一样深深地爱上了南郑，爱上了木坪村。

有一天上午，因为天气风和日丽，吃罢早饭，丁赟提议去爬近在眼前的黄家寨。那寨子就像平地突起的一座高山，挺立于离他们家房子不到一公里路的西南侧。丁赟之所以要到那寨子上去看一看，她主要是听邱宏涛的父母讲了许多关于黄家寨的传奇故事。说那寨子上很宽阔，寨子建有土夯的城墙和石头砌的城门，寨子里有茅草搭的房屋，有可供耕种的良田。对于为什么要修寨子，邱宏涛的父母解释说，新中国成立前，汉中一直是兵家必争之地，有兵就有匪，木坪村人一旦遇到战争，为了保命，都会聚集到寨子里，集体抵御兵匪的祸害。邱宏涛说，你别看寨子近在眼前，看着不高，其实爬起来，没有一个小时是上不去的，陡峭而路险。丁赟则坚持要到黄家寨一看究竟。那天为了便于爬山，丁赟专门穿上了运动衣和运动鞋。那天，阳光明媚之极，蓝天就在头顶，有几朵白云在天空一直缓缓跟随他们移动。两人手牵着手，心情好极了，边走边唱着歌。丁赟与邱宏涛并不急于登上寨子，他们是一边走一边看一边唱一边说着话。在他们发现美的眼睛里，一路上都是美不胜收的美景，哪怕是站在树枝上鸣叫的喜鹊，在草坡上吃草的水牛和羊群，在草丛中突然窜出来的兔子和野鸡，这些平常在湖州很难见到的动物都让她激动万分。邱宏涛为了节省路程，他们走的是一条小径，土路弯弯曲曲，有不少的地方是垂直而上，有的地方是在黄土的悬崖壁上人工挖出的一条攀岩小路，路窄得就像鸡肠一样，只有一脚之宽，仅仅只供一人行走。一路上，邱宏涛根据地形要么在前面拉，要么在后面推，反正要百分之百确保丁赟安全，确保丁赟不受半点惊吓，确保丁赟不受半点伤害。黄家寨子的地形就像一个圆形的蛋糕，爬到顶上，就是一片比较开阔的平地。土城墙因几十年的风吹雨打，墙体不仅不再高大，而且已经残垣断壁，好多地段已经彻底垮塌，不见城墙的模样。城墙里面，也不见茅草房，只有残砖乱石。唯有石头砌的城门，还如把门的将军立在那里。站到寨子顶上，四周一目了然，星罗棋布的田野，沟壑纵横的河流，靠山背河而建的村庄，一切是那样的井然有序，望着如此美丽的自然风光，丁赟赞叹地说："哪里都有迷人的好风景啊！"

邱宏涛紧紧地握住她的手说："美丽的风景是不分地域和穷富的，就如我们唐古拉山一样，冬天了虽然一片苍茫，可那苍茫的美才是唐古拉山所独有的风景。"

丁赟甜蜜地笑着说："你知道我现在为什么喜欢木坪村了吗？"

邱宏涛看着远方的天际说："因为你心中爱我，你才爱这里的山水，就如我爱唐古拉山一样，因为我爱我的岗位。"

丁赟激动地一下子扑进邱宏涛的怀中，从山里刮过来的风在他们耳边回响，一只野兔像似受到了攻击，正在草丛中快速奔逃，一只老鹰划过天空，在那片荒草丛林的上空盘旋。茅草棚中走出一个人来，拿着一杆土铳，在老鹰的提示下，正在寻找那只奔逃的野兔。

邱宏涛用手指着城墙西头的猎人说："他叫老歪，常年住在寨子里，是寨子里唯一的公民，他一年只种一季西瓜，经济来源主要靠打兔子和捕鸟换钱。"

丁赟问："他一个人住在这荒凉的寨子里难道不寂寞吗？"

邱宏涛说："每个人都有自己的生活方式，都有自己独特的生活习惯，都有别人难以理解的地方，就如你爸爸妈妈无法理解你爱我、选择我、嫁给我一样，同样在好多人看来，一个大学生，一个美丽的女孩子，一个有稳定工作，一个处在发达城市，最终却选择嫁给家庭并不富裕，还两地分居的军人，对于他们永远可能是一个不解之谜，你即使讲给他们听，把那颗爱心剖给他们看，他们也难以理解一样。"

丁赟说："那我们就做自己命运的规划者和主宰者吧。"

看完寨子，他们没有沿路返回，走那条险要的近道，而是沿着一条可供一辆马车的盘山公路不慌不忙地朝山下的家走去。

一路上都会碰到熟人，他们都会好奇地问，你们上寨子干什么去了。邱宏涛也就不掩饰地说，看寨子去了。于是好奇者便说，你们真是浪漫的没找着地方，那破寨子有什么好看的。邱宏涛只好自责地说，生活好了，闲得慌呗。丁赟也会像好多村民一样，在一边笑着，一言不语。不语胜过有语，在乡村，最让人忌妒的是太会说话，最能引是非的是不会说话。能言会道的丁赟在公众场合一般不多说话。她的谨小慎言，很快在木坪村赢得了良好的声誉。都说，南方来的女子稳重。

时间像流水一样很快到了二月底，邱宏涛休假时间将满，按照两人的规划，丁赟也将一同与邱宏涛上高原，上到她向往已久的唐古拉山。

侧记四

我叫刘勇，二〇〇三年十二月从湖南湘潭应征入伍，现任青藏输油管线管理团二营八连连长，上尉军衔。

邱宏涛在我们团的兵里是正儿八经的兵王。他在唐古拉山当兵十七年没有挪窝。因为兵龄长，无论是老兵，还是团里的干部，都称他为老邱。老邱既是一种尊称，又是资历的象征。因为兵再老也是兵，直呼其名吧，对他不太尊重，叫他邱班长吧？又感到少了点什么，喊他老邱才觉得顺口对劲。

老邱为人随和，处事有分寸，干工作一丝不苟。

他不仅仅是唐古拉山的先进典型，是被战友们称颂的老班长，是战友们的榜样，他更是众多高原军人的代表。他身上体现出的是我们高原军人默默坚守的牦牛精神，体现的是我们高原军人对党、对祖国的绝对忠诚。

与老邱相识是在我调至唐古拉山工作的第一天。刚到连队对一切都是陌生的，人员不熟，设备情况不清，连队存在的一些问题都迫切需要我去了解掌握。毕竟老邱在唐古拉山待的时间长，对连队人员、设备运行现状都比较熟悉。事实的确如此，老邱不顾刚下夜班的疲倦，耐心细致地向我介绍情况，把每台设备、每个班、每个人的具体情况都向我作了介绍。我望着他充满血丝的眼睛，内心充满了感激和感动。

唐古拉山的冬天，气温零下四十多摄氏度，下水道一旦堵塞，不论白天黑夜，战士们只能跑到几百米以外的旱厕。下水道周围是冻土，要想挖开冻土，不管你使多大的劲，都显得苍白无力。只有等到来年的五月地面开始解冻才能修缮营地的下水管道。五月在内地早已是草长莺飞的季节，而在此时的唐古拉山还下着春雪，好在地面开始解冻。老邱就带着大家一锹一镐地挖，由于营房的建造年代比较久远，该在哪个地方刨坑，刨多深能找到排污管道，全站只有老邱对此了然于胸。刨坑、疏通管道，重活、累活、脏活，他都身先士卒。

每到连队干部休假、干部力量薄弱之时，老邱就主动申请担任连队值班员。他从一日生活制度等零星烦琐的小事抓起，高度负责地完成好每一项重要任务。他始终为连队大局着想，从每一个普通士兵的角度出发，处处干实事，事事谋精细。

高原高，高原险，高原苦，高原难，高原军人有着无法比拟的高度。在我们高原军人的眼里，高原就是我们成长历练的沃土，是我们为之奋斗的地方。就像老邱那样，十几年风雨如一日，同肆虐的狂风抗争，与漫天飞舞的雪花相伴，用自己独特的方式书写着属于自己的辉煌，铸就着高原军人刚毅的军魂。

第二十五章

　　爱的力量是不可抗拒的，无论沱沱河冬季多么漫长，一旦春天来临，夏季到来，她都会以义无反顾的深情，朝着长江、朝着大海奔涌而去。丁赟就是具有这样美德品性的女孩，在江南芳草碧连天的三月，她不顾父母的反对，从汉中坐汽车，从西安踏上了西去的列车，第一次跟着邱宏涛登上了冰雪连天的唐古拉山。

　　丁赟怀着一往情深，在唐古拉山最为寒冷的季节来到了她梦怀萦绕的唐古拉山。刚上唐古拉山的头几天，不知是丁赟年轻、身体好，还是处于兴奋的状态，她并没有感受到缺氧，整日里，笑哈哈得像一个快乐的天使；走路时，嘴里也幸福地哼着歌，像一只百灵鸟；安静下来之后，她时常一人站在窗前，目不转睛地望着窗外的雪山；有时她还觉得不过瘾，会一人走出营门，这里瞧瞧，那里看看。其实，三月的唐古拉山还是冰雪的世界，除了荒凉与苍茫，寥廓与深邃，蓝天与白云，就再也没有什么让人心动的风景，可这一切对丁赟来说就足够了，这里的一切正是她生命的历程中所没有经历的风景，所以唐古拉山在她眼里一切都是美好的，每天都是全新的，哪怕是刮风下雪，在她眼里都是神奇的，更别说风和日丽下的蓝天白云。她从唐古拉山独特的景象中发现了与内地截然不同的风景，从中体悟到了在内地无法看到也无法体会到的东西。

上高原之初，虽然有着轻微的高原反应，但最终被神奇的环境和愉悦的心情所抵消，眼见为实的蓝天白云让她心旷神怡，尽收眼底的壮丽雪山让她陶醉不已，还有那笨拙的棕熊、善于奔跑的野驴、机灵透顶的高原雪狐都让她为之好奇叫绝；战士们像高原雪莲一样高洁的心灵，让她大为感动，她为自己能够结识像邱宏涛这样甘于奉献的军人而欣慰，为自己冲破家庭的阻挠勇敢地与邱宏涛相爱而庆幸不已。

在高原，每天天蓝得让她心跳，蓝得让她常常为之发呆，蓝得让她感到仿佛生活在不真实的世界里，可她就站在白雪皑皑的蓝天下。

对于唐古拉山的巍峨，她心仪已久。她虽然对唐古拉山的苍凉与寥廓早就向往，然而唐古拉山的缺氧与寒冷，让她深深感受到了邱宏涛与他的战友们在如此恶劣的环境中工作生活是多么的不易，战士们流着鼻血嘴里还哼着歌，头发脱落还幽默地说自己成熟了，黑红的脸庞、乌紫的嘴唇里没有流露出一句对高原无奈的抱怨，丁赟从心底被高原官兵的坚强意志和乐观精神所折服。

在唐古拉山她固然没有见到梦中幻想的浪漫美景，但她以平实崇敬的向往走进了只有坚守在唐古拉山军人才有的精神家园，在那里她找到了只有在青藏高原才能独有的雪莲花盛开的伊甸园。精神世界的进一步洗礼，使她与邱宏涛的爱情得到了进一步的升华；沱沱河畔的漫步，雪山小道上的畅想，蓝天白云下的你情我爱，甜蜜的爱情加速了他们走向爱的成熟，接踵而至的高原反应，更加见证了他们爱的真诚。一周之后，丁赟开始有了高原反应，头几天，整日里头昏脑涨，再过几天食欲不振，最后是吃什么吐什么，头痛欲裂。对于高原反应，只有亲身经历，亲身感受，才知道缺氧对人的身体造成的破坏是多么严重。

侧记五

我是记者，我上高原时，还是不太冷的十月，一路上只是在昆仑山和唐古拉山遇见了零零星星的雪花，风也只在三四级左右。当天早晨六点从格尔木出发，一个半小时后的七点半钟到达进入昆仑山的纳赤台兵站。在那里吃过早饭后，我们在新建的温室塑料大棚里与几名战士进行了座谈，八点半的样子离开纳赤台，前往五道梁。一路上风光无限，我们时常停下车来，驻足观看眼前的雪山，在无人区里或吃草或奔跑的藏羚羊，担负采访保障任务的青藏兵站部政治部宣传科的何科长就给我们讲，越往昆仑山和唐古拉山上走，山势就越高，高原反应就会越大。到了五道梁，有一句顺口溜是："过了五道梁，难见爹和娘。"中午十二点左右，我们抵达了五道梁，当我们走进五道梁兵站时，并没有感到有什么缺氧反应，和煦的阳光透过玻璃窗将房间照射得既透亮又温暖。中午吃饭时，一行五人并没有高原反应的症状，大家都觉得高原并不像人们讲得那么可怕。大意总会埋下隐患，问题就出在中午那一顿饭上，我没有想到，五道梁的饭菜做的是那样的好吃，比格尔木兵站大厨炒的菜要好吃得多，胃口也像抽鸦片一样，吃开了就不舍得放筷子。当时也没有人劝我少吃一点，以为吃得越多，越能抵抗缺氧。吃过午饭后，依然没有缺氧的感觉。还对好兵董甫进行了采访，回到西安后，以董甫的事迹写成了《高原本色》。采访完董甫我们继续前行，搓衣板路的剧烈颠簸，胃部渐渐开始出现不舒服，我想一定是高原反应了，于是赶忙掏出上高原前自备的红景天药丸，吃下之后并没有立竿见影的效果，胃里仍然翻江倒海，可我又不好意思让司机停车，好在太阳落山之前，我们到达了长江源头。停车照相时，我赶忙下车，躲到车后，开始了痛快淋漓的呕吐。上车之后，身体又开始发冷，我知道是胃肠不舒服，引起了抵抗力下降，缺氧造成的痛苦接踵而至，到了沱沱河兵站，全身就冷得不行，本来打算到一墙之隔的沱沱河边走一走，喝一口沱沱河里的水，听一听沱沱河发出的声音，看一看沱沱河有多宽、冬天是个什么样子。可是因为缺氧头痛心慌，再加上身上寒冷，我只能吸着氧气躲进被子里。这一夜，氧气没断，始终咴咴地冒着，但还是头痛，恶心，数次爬起来呕吐。好在天亮了，起了床，吃早饭时，什么也没敢吃，只喝了一碗豆浆。中午到达了唐古拉山输油泵站，在那里我见到了邱宏涛，听了邱宏涛的事迹介绍后，感到邱宏涛很了不得，我想他能够在唐古拉山如此恶劣的气候环境中一干十多年，绝不仅仅是他意志坚强身体好，也不单单是他热爱高原，他的背后一定有着更坚强的后盾。后来经过深入采访，我才明白，邱宏涛的背后有一个与他一样坚强并深爱他的女人——丁赟。

第二十六章

　　丁赟在出现强烈的高原反应后，邱宏涛十分着急，除了工作，每日里倾情呵护、全心照顾，可缺氧的问题不是从精神层面所能化解的，解决问题最有效最直接的办法是离开高原。可是三月的高原冰天雪地，部队并没有汽车上山，邱宏涛只能等待。连日不能得到能量补充的丁赟，身体非常虚弱，每日里只能躺在床上，她真正领教了缺氧的厉害。在缺氧的日子里，即使度日如年，她并没有急着下山，她反过来宽慰邱宏涛说，我要向你学习，你能在山上一干就是九年，我为什么不能在唐古拉山住一个月呢？待我适应了，天气好了，我还要你陪我到唐古拉山风口去看"西部军人"雕像呢。过去邱宏涛在与丁赟通信的岁月中，他无数次地写到"西部军人"雕像。

其实，在那 5200 米的唐古拉山风口劈出了一块平地上立有两座雕像，一座是由青海省人民政府为褒扬青藏线军人而树立的"西部军人"雕像，以纪念当年冒死修建青藏线的英雄们和几十年来牺牲奉献在这条"天路"上的勇士们；路的左边的雕像叫"西部雕像"，是青藏兵站部的部魂，他是半个多世纪以来为了固守西南边防而牺牲在"天路"上的军人之魂，他告诉人们在"天路"上每 2000 米就有一名军人牺牲长眠在那里。

　　丁赟在与邱宏涛相见的日子里，邱宏涛最爱唱的歌，唱得最好、最动人的也就两首，一首是《青藏高原》，还有一首是《西部没有雕像》电视剧中的主题歌：

　　　　　儿当兵当到多高多高的地方
　　　　　儿的手能摸到娘看见的月亮
　　　　　娘知道这里不是杀敌的战场
　　　　　儿说这里是献身报国的地方
　　　　　寄上一张西部雕像
　　　　　让娘记住儿现在的模样

　　　　　儿当兵当到多高多高的地方
　　　　　儿的眼望不见娘炕头的灯光
　　　　　儿知道娘在三月花中把儿望
　　　　　娘可知儿在六月雪里把娘想
　　　　　娘知道这里不是杀敌的战场
　　　　　寄上一张西部雕像

让娘记住儿现在的模样

　　每次听完这首歌，丁赟都会忍不住掉下眼泪，在唐古拉山虽然不是杀敌的战场，没有流血牺牲，可它比流血牺牲更悲壮。二〇一四年《解放军报》一位记者在一篇通讯中这样写道：青藏兵站部唐古拉泵站柴油机班四级军士长邱宏涛像一只高原雄鹰，在唐古拉山一干就是十六年。他默默无闻地在这里与风雪搏斗，与机房为伴，练就了十多项柴油机装备维修技能，先后排除装备故障一百多次，被战友们称为柴油机故障的"克星"。

　　长期的高原生活，让三十岁出头的邱宏涛嘴唇乌紫，指甲凹陷，看上去要比实际年龄大得多。他说，这是唐古拉在他身上烙下的印记。为了唐古拉输油管线的畅通，邱宏涛和战友们不仅要忍受高寒缺氧之苦，还要承受柴油机房高分贝的噪声。对此，邱宏涛却乐观地说："唐古拉是我实现军旅梦想的地方。只要部队需要，我就坚守高原。"

　　邱宏涛一方面对丁赟的坚强深感赞佩，一方面又对丁赟严重缺氧造成的身心痛苦而纠心。果然半个月后，丁赟渐渐适应了唐古拉山，不再头痛，不再恶心呕吐，不再口干乏力，每日里，能吃能睡能玩了。在与缺氧斗争的日子里，丁赟更加地深深地感受到高原军人在高原坚守的不易，对邱宏涛坚守高原从不言苦的乐观精神更是肃然起敬，觉得过去自己爱邱宏涛多半是建立在情感和爱的信仰的基础之上。通过近两个月的朝夕相处，通过高原生活的实际了解，她从邱宏涛的一举一动、一言一行中感受到了他做人的朴实，善良的本性，奉献的美德；她才发现自己所深爱的人不仅是最可爱的人，也是最值得自己珍爱一生的英雄。在和平年代，在太平盛世的时代，一个人能够战胜寂寞，不停地挑战生理和心理的极限，这不正是英雄所具备的宝贵品质吗？

在一个大雪弥漫的上午，邱宏涛与丁赟站在窗前看窗外飞舞的大雪，这是在江南难以看到的景致。雪花从天空徐徐而降，因为温度过低的缘故，雪花在落地之前已经不再柔软，相互发出摩擦的声音就如银器之间的碰撞，轻微而清脆。刚开始，丁赟的耳朵听不到雪落的声音，邱宏涛教了她几个绝招，无非是心静，让头脑刷成一片空白之类，丁赟是一个极其聪慧的人，她很快就掌握了听雪的技巧，能在室内听到室外雪落的声音。

雪下得越大，输油泵站的士兵们越不能休息，按照要求，今天上午，邱宏涛要带领战士到泵房进行机器维护保养，防止油管冻裂和机器冻坏。邱宏涛陪丁赟赏了一会雪后，看工作时间已到，便走出房间，刚走到楼梯口，他很不放心地又走了回来，再三叮嘱丁赟不要到室外去看雪。因为在高原最怕感冒，那样最容易得肺水肿，一旦得了肺水肿，在大雪封山的高原，可以说是叫天天不应，叫地地不灵。在丁赟作了保证后，他才放心地再次走出房间。从小在江南长大的丁赟，几乎就没有看到过如此密集的大雪，雪花像一道帘幕将天与地隔了起来。她先是一人站在窗前看了好一会儿，发现那雪花真的像一篇小说中写的那样，有铜钱一般大小，在狂风的鼓动下，一片一片地扑向室外的窗台，没有多长的时间，窗台上的雪花堆积了半米之高，房间也就变得更加昏暗起来。她很想到室外去，她一直想用冰雪堆一个手持钢枪的"西部战士"的雕像。这个念头是在她缺氧的高原反应减轻之后，一次跟随邱宏涛检查输油线路时，路过唐古拉山风口，目睹了"西部军人"雕像后就产生了。可她还是怕感冒，怕让邱宏涛担心，给输油泵站的领导增加麻烦。在唐古拉山输油泵站一旦感冒了，是一件非常让人担心的事情。最终她还是决定待在屋子里，站在窗前赏雪，听雪花落地的声音。看累了，闲来无事，她无意中拉开了邱宏涛装信的抽屉，那里整齐地摆放着她给他写的信，最早的信纸已经开始泛黄，可邱宏涛却像宝石一样珍藏着，很多信因反复地看，都被手摸得起了毛边，并留下了手摸过的痕迹。在过去的岁月里，每次邱宏涛在信中都会说，你的来信，就是我战胜寂寞的良药；收不到你的信，我就会六神无主，心里空落落的；见到信后，我就会如获至宝反复阅读。丁赟在看到这些深情的表达后，还以为是邱宏涛过分地形容与赞美。今天，见到自己写过的信被完好无损地保存，时间虽然久远了还被他依然当作精神营养反复阅读。她一时激动不已，她真后悔那时没有做到一天一封信，没有把信写得更长一些，语言写得更深情、更从容一些，情感表达得更真挚、更热烈一些。她真的没有想到，自己写的信有着抚慰心灵的奇迹，在精神鼓励上会有那么大的威力和功效，既能让邱宏涛看过信后安心坚守高原，又能让邱宏涛不因生活枯燥而寂寞；既能让邱宏涛对工作充满了青春活力与激情，又能让邱宏涛始终充满坚守高原的热情。为此，她在心里萌生了一个打算，从今以后，即使用手机与邱宏涛通过话，也要给邱宏涛写信，让信成为邱宏涛扎根高原的源泉。她再一次深信，只有把情感和内心世界的文字通过书信记录下来，才能见证流逝的岁月与时光，才能见证他们最崇高、最美好、最纯洁、最温馨的爱情。

狼在凄厉地嗥叫，在狂风的陪伴下，从窗子的缝隙中钻了进来，不知道是冷，还是受狼嗥叫声音的刺激，她打了一个寒噤。她再一次抬起头，望着窗外的大雪，她希望雪下的时间更长一些，那样她才能在唐古拉山多住一些日子。

　　她从内心里希望时间就此停住，那样她就可以在唐古拉山多住一些日子。可再大的雪也有停止的时候，一个星期之后，云开日出，运送蔬菜粮油的汽车终于出现在了输油泵站的大门口。经上级批准，邱宏涛专程护送丁赟从唐古拉山到格尔木，他深知这是领导对他们新婚夫妻的特殊关照。

　　那时已经是四月初了，格尔木河里的冰块已经开始融化，道路两旁的杨柳已经开始发芽。按照他们的设想，到格尔木后，不逛商店，也不去看盐湖，而是去看一个他们共同敬仰、被誉为"青藏公路之父"的慕生忠将军。

　　格尔木是一座兵城，新中国成立后，慕生忠将军带着筑路大军屯驻格尔木之后，格尔木才开始了它建城的历史。在20世纪50年代，整个格尔木都是半地下的干打垒，格尔木最高最好的建筑就是慕生忠将军修建的砖混结构的二层办公楼，后来格尔木人把这栋建筑取名为"将军楼"。"将军楼"与内地的别墅或者"将军楼"相比要逊色得多，但在格尔木它绝对鹤立鸡群，是一个很气派的建筑。几十年后，格尔木市以"将军楼"为主题建起了格尔木公园，这座公园应该说在全中国无数个公园里，它是最独特的，它的核心人物是慕生忠将军。公园与格尔木河相邻，滔滔不绝的河水诉说着慕生忠将军的故事；象征青藏公路的雕塑耸立在公园大门的正中，昭示着为修建青藏公路而献身的英雄们的不朽功勋；用粉红色大理石雕刻而成的慕生忠将军全身雕像伫立于"将军楼"前的白杨林中。据说，那些两人才能合抱、钻入蓝天里的白杨，是慕生忠将军亲自种下的，它们的寿命可谓高寿，活过了白杨树种的年龄；"将军楼"四平八稳地立在那儿，它的颜色是红砖的本色，没有雕龙画凤，阳光下虽然显得有点土气，但它不失巍峨和雄壮的气质。

在唐古拉山输油泵站，丁赟在站里的阅览室里读过一本叫《青藏线》的书，这本书是著名作家王宗仁精心创作的一部关于慕生忠将军的精品力作。她看过之后，多次与邱宏涛进行交流，探讨慕生忠将军对稳固青藏和推动青藏发展的历史贡献、慕生忠将军对格尔木这座城市建设的贡献、以及慕生忠将军的历史价值。两个人商量好了，到格尔木后，一定要到"将军楼"走一趟，实地感受将军的丰功伟绩。他们怀着崇敬之情，在将军雕像前深情地驻足瞻仰，"将军楼"里的每一张图片、每一件实物都令他们浮想联翩。今天与过去的环境对比，从而更加坚定了丁赟支持丈夫报效祖国的决心；英雄纪念塔前的仰望，更加坚定了邱宏涛扎根高原的意志；白杨树下的漫步，让他们拉紧的双手誓言相爱到永远。

到了中午，他们走进了一家小餐馆，邱宏涛花一百多元请丁赟吃了一顿牛羊肉火锅，寓意将来两人的生活红红火火。吃完饭后，两人走进了格尔木最大的商店，邱宏涛坚决为丁赟买了一件衣服，虽说打折只花了两百元钱，但它代表的是对丁赟的一片真心，是格尔木给她的珍贵纪念。丁赟则说："我还会来的，我还要再看唐古拉山。"

邱宏涛则坏坏地笑着说："到时候你就身不由己了，有了儿子，你就不像现在自由了。"

丁赟恍然大悟说："你真坏。"然后开导邱宏涛说："买衣服打折又不是你的本意，那是商业惯例，二百多元在格尔木就不少了，衣服不在钱多钱少，关键是你对你所爱的人的一片真情表达。这个大礼我收下了。"

侧记六

我叫丁跃，丁赟的弟弟，从事个体经营。

我从来没有当面叫过她一声"姐姐"。小时候喜欢模仿爸妈叫她芸芸，长大懂事后，再难改口叫姐姐了。但在心里，在她背后我很骄傲我有这样一个姐姐。

小时候，姐姐一直是我的靠山，但凡知道我是谁的弟弟以后，没有人会欺负我，不经意间还能得到很多不知名的学长给予的帮助和关心。学习上也是这样，老师看到我在用姐姐做的笔记，都会忍不住多看一眼，我也会因为姐姐留给我的资料赢得老师们更多的赞扬，记忆里不知道惹来多少同学羡慕的眼神。我很佩服我的姐姐，所以小时候不管姐姐指导我做题时对我有多少指责和批评，我都会全盘照收。我们的父母为了给我们创造更好的生活条件，在我们很小的时候就开始了父母子女分离的生活常态。我鲁莽冲动，误解过姐姐对我的关心，干过恶人先告状的事，甚至还跟她动过手。因为我，姐姐受了不少委屈，但对我的爱护和帮助从没有消减过一丝一毫。小时候，有姐姐的地方就是家，姐姐就是我们家的家长，虽然她只比我大了不到两岁。

一路走来，我的生活里始终都有姐姐的气息。第一次面临太姥爷辞世时的恐惧，是5岁的姐姐镇定勇敢地安抚了我；第一次被老师批评后厌学，是姐姐好话说尽，办法想尽，安慰我重回课堂；第一个手机是姐姐给我买的，手机号码一直沿用至今；第一身名牌衣服是姐姐用了她整整一个月的工资给我买的；第一次谈女朋友，是姐姐待人的亲切温暖让女朋友给我加了分，成了我的老婆；我的孩子出生时，两边父母都忙得顾不上，是姐姐跑前跑后张罗好所有……这一切都封藏在我心底最柔软的角落，给我一生温暖的记忆。

姐姐是一个会隐忍又能吃苦的人，这些年艰难的点点滴滴我们都看在眼里，疼在心上。可是我们从没有听姐姐诉过苦，在我们面前掉一滴眼泪。爸爸有时候心里实在不好受了还会对姐姐发脾气，姐姐都微笑面对。姐姐每次回娘家，她用自己的能力关爱每一个人，细致入微，让人感动。去年春节前，家里装修房子，姐姐为了让爸爸妈妈少辛苦一点，重活累活抢着干，十个手指指纹都被磨平（换领身份证时没有一个能通过）。

姐姐在我心里更是一个柔弱的需要保护的公主，她善良、温柔、智慧，我相信她对自己的每一次选择都不是盲目的，我一直都很支持她。青春阳光，崇尚情感，忠于爱情，使自己变成一个勇于坚持的女人，用担当和等待沉淀着专一，这是姐姐与更多女孩子的不同寻常之处。姐姐就像兰花一样，在沉静中绽放自己，没有被世俗刷上模糊不清的颜色，平凡而不庸俗，安静却有直指人心的力量！

"只要用心，没有解不开的结。"姐姐和姐夫一直用心地做着每一件事，用心地对待所有的人和事，所以尽管也曾让父母伤心难过了一段时间，可父母心里的结早已被姐姐解开。那么姐姐和姐夫对父母的愧疚也不必结于心，我们这个家永远和你们在一起，无论何时何地，你们都是我们最牵挂的亲人！

第二十七章

　　如果邱宏涛写给丁赟的信泥牛入海得不到回复，这个旷世奇恋也就不会发生；如果丁赟嫁给了邱宏涛之后继续安居湖州，不能做到嫁鸡随鸡、嫁狗随狗，不从湖州来到陕西汉中南郑，邱宏涛也就无法在唐古拉山安心尽心长期服役，那耸立在唐古拉山的"西部军人"雕像也就少了一些新时代的感人故事，格拉丹东雪山的雪莲花也就失去像丁赟这样洁白明亮的一朵。

　　嫁给军人不仅意味着分别的相思之苦，还意味着上养老下养小的沉重责任。丁赟心里清楚，自己既然嫁给了邱宏涛，就意味着嫁给了军人，成为一名军嫂，就应该担负起做高原军人妻子的责任。

　　丈夫驻守高原，不能孝敬父母，自己就应该到丈夫的老家汉中南郑，去照顾年迈的公公婆婆，而不是躲在富庶之地过自己快乐舒心的小日子。她下定决心毅然辞掉了在湖州石油公司做会计的工作，随邱宏涛来到了汉中南郑一个偏僻的山村。临行前，父母坚决反对，父亲板着脸对她说："你要是跟这小子到南郑去生活，从今以后我们就断绝父女关系，我就当没生养过你这个女儿。"面对女儿的坚决，母亲心如刀割，无奈地哭泣。外婆知道说什么也无法留下孙女，只好将孙女拉到一旁小声地说："要是觉得苦就回来，家里人不会怪你的。"丁赟理解父母的心，她知道父母把自己含辛茹苦养育成人，为的是养老送终，现在自己远嫁陕西，说什么父母都无法接受。她没有办法说服父母，她也没有办法说服自己不嫁给自己心爱的人，她流着泪惜别父母，踏上了西去的列车。伴随着火车的哐当声，丁赟一次次鼓励自己："丁赟争口气，不要被任何人看不起。"

现实要比丁赟想象得更为艰难。生活的琐碎，让丁赟手足无措。在南郑木坪村的深山中，丁赟磕磕绊绊地当起了"山里媳妇"。她像村妇一样上山砍柴，手上被刺划了一道道血口子；她坚守为人妻为人媳之道，每天生火做饭。做饭对丁赟来说比读书时考试还难，因为她不会用柴火灶，每次生火做饭，要么被烟熏得她满脸都是泪水，要么是半天生不着火，可她坚持在实践的失败中积累经验。她没把自己当娇媳妇，她不会种地，她像小学生那样从头学起。插半亩水稻秧苗刚开始她要一天，几天过后，她只需要三个小时。这个从南方富裕之乡走进秦岭深山的大学生女子，很快让公公婆婆刮目相看。爱说爱笑的婆婆逢人便说，"咱邱家烧了高香、积了大德，儿子找了一个又好看、又有文化、又能吃苦，还能干得好媳妇。"

在邱宏涛的老家，谁都说丁赟不像来自富饶之乡、出身于富裕之家，因为她太能干了，脏活累活她都能干，谁都夸她是贤惠的好媳妇。丁赟怀孕后，她拖着笨重的身体照样买菜做饭洗衣服，帮助体弱的婆婆料理家务。由于低血压，她经常头晕，时常会重心不稳、有时甚至昏倒，过一会自己又清醒过来，然后自己扶着墙慢慢站了起来，缓过来之后，她又担心得要命，一个人偷偷坐车到县城的医院去做检查，直到医生说，胎儿没事了才放下心来。每当这个时候她会欣慰得直掉眼泪，同时感叹嫁给高原军人太苦了。有时她会想，如果不嫁给邱宏涛这个高原军人，她可以轻松找一个富裕家庭的小伙结婚，那样她就可以当十个月的少奶奶，被丈夫捧在手心里。但假设已不存在，现实就是当个好军嫂。为此，她抛却一切不实际的幻想，把一切的苦都隐藏在心里头，写给邱宏涛的信都是莺歌燕舞平安吉祥。

邱宏涛望着窗外像波浪涌动的雪山，努力使自己平静下来，让那起伏的波浪，凝固在自己的头脑里。他一言不语地站了好一会才对我说，"我之所以能在唐古拉山坚守十六年，其实不单单是我一个人的付出，没有我老婆在家里孝敬父母、抚养孩子，把家撑起来，我也就不能安心工作，更没有那么大的干劲。"最终，邱宏涛还是控制不住哽咽了，他擦了一把夺眶而出的眼泪说，"我老婆这个人太好了，太能吃苦了，太有担当了。"

原本邱宏涛有个弟弟，为了让哥哥安心在高原服役，弟弟只在部队干了五年就回到了老家。一场意外，弟弟英年早逝，白发人送黑发人，邱宏涛母亲身体从此江河日下，平常几乎就干不了什么活。如此一来，千斤重担就落在了丁赟这个弱不禁风的江南女子身上。

丁赟即使怀孕在身，她也不忘给邱宏涛写信，她要让在高原的邱宏涛分享怀上儿子的幸福。她的信写得比过去更有意思，更有生活的气息，就像播放电视连续剧一样，是一天写一集，一直到写得足够长了，才发给邱宏涛。丁赟在连续信中这样写道：

　　让我们重新找回曾经再熟悉不过的感觉吧！也给你一份不是惊喜的惊喜吧，还有过去那种愉快的心情吗？我现在想的全是你看到以后的感觉，我在猜测！

　　这段时间以来，你是不是感觉我忽略了你？我的注意力都集中在小宝宝这儿了，而你还要独自面对乏味的工作，还要关注我，想想是不是觉得自己受委屈了呀，老公？你应该不会心理不平衡？小宝宝是我们的结晶啊，他身上有我们好多的希望呢，你可别想不通啊！

　　现在一封信要好多天才写好呢老公，这可不是我不想写，你别误会了啊，虽然说我们再一次分开了，可我还是和以前一样的心情感受，我们的心天天都在一块。对于小宝宝即将出生那一刻的到来我似乎也并不觉得惧怕，曾经我很担心很害怕的，但是一旦真正发生在自己身上的时候好像就很平常了，所以你也不用担心的，把我们的担忧和恐惧不安都留给医生好了。还有三个月不到的时间他应该出生了。一个人待着也寂寞的嘛。我倒希望他早那么几天出来，如果我和他的生日在同一天才好呢！我记得以前有些人会选好快到预产期的时候的某一天去剖腹产，这样就能按自己的意愿选择小孩的出生日，不过我觉得刻意选择也不好还是顺其自然，让小宝宝自己选择好了。

没有老公在身边的时候偶尔也会伤心，不过自从真正意识到肚子里还有一个小生命的那天起我还是很乐观的面对的，也许是更有责任感了吧。……老公，倒是你自己要照顾好身体，少喝酒少抽烟，等你回来的时候他才会喜欢上你，要不然你别抱太多的希望，即使你是他的爸爸他也不会给你留面子的！给你的时间就是这三个月，你好好自我检查一下，该改的尽快改了，别浪费时间了啊！

老公，等我，煮饭去了啊，呵呵。

我发现这里的太阳到了秋天就很少有了，这么久了，下雨天凉之后就没几天是阳光灿烂的。我给小宝宝洗的衣服上次也是阴干的，你有空了快给他想想名字吧，我也想不好了，还是我们一块决定嘛，好吧？

十月怀胎一朝分娩。儿子快要出生了，丁赟掰着指头算邱宏涛何时归来，邱宏涛也合计好了，十二月份执行完航煤输送任务就请探亲假，回家照顾丁赟。可人算不如天算，丁赟因在怀孕期间缺少营养和休息，产前医生告诉丁赟，孩子有可能提前来到人世。丁赟赶紧打电话，把这一消息告诉了邱宏涛，邱宏涛听了急得不行。他曾经答应过丁赟，无论如何，哪怕是唐古拉山天寒地冻下冰刀，他也要赶回家陪丁赟生孩子。可现在倒好，孩子要提前来到人间，邱宏涛一时急得不知怎么好，他是班长，是技术骨干，关键用人之时，怎么好张口请假回家陪老婆生孩子，在部队他张不开口给领导讲，电话里他同样无法张口给老婆说自己工作忙，一时走不开之类的话。丁赟从他为难的口气中万分理解地说，你也别急着回来，输送航煤是部队的大事，你回来也帮不上忙，你就一心一意把任务完成了再回来。他放下电话，怀着无法抑制的兴奋冲出了营房，他攀上营房后面的山冈，对着唐古拉山高呼：我邱宏涛就要有儿子了，丁赟我会用下半生好好地疼你爱你。

邱宏涛即使高声地喊过，心中的激情还是一浪高过一浪，冷静之后，歉意与愧疚再一次涌上心头。他拿出信纸，要在信中写满对老婆、对儿子的祝福，写满对老婆的感激，写满对老婆的内疚。

儿子提前来到了人世，等他把航煤输送任务完成，再从唐古拉山到格尔木，转车到西安，从西安坐长途车回到老家，孩子已经满月了。回到家，放下行李，抱起孩子既激动又愧疚地流出了眼泪，一边流泪一边说，丁赟我对不起你，儿子啊爸爸对不起你。儿子被突如其来的父爱吓哭了似的，丁赟也控制不住地哭了起来，三个人不约而同的哭声在屋子里回荡，哭声中有重逢的喜悦，有往日的委屈与心酸，有无法表白的深情歉意。

儿子是他们爱的结晶，更是他们爱的希望。在给儿子取什么名字的问题上，他们可是费尽了心思，最终两人的期望形成了一致的共识，取名为：邱墨豪，意为沾染一身的墨香，以铮铮铁骨、万丈豪情书写人生。

对于军人的家庭来说，相聚的日子总是短暂的，过了新年不久，邱宏涛又准备启程回到青藏高原；分别是痛苦的，以泪洗面是他们一家一年又一年难舍难分的见证。他们只能通过电话和信件倾述各自思念的情感。这是丁赟在生小孩之后给邱宏涛写的其中一封信，其情依在，其爱更浓：

展信悦！又有一两个月没有给你写过信了。你盼望的眼神让我心里很内疚，作为一个妻子，我为你做的事很少，少到能数清给你洗过多少件衣服，给你叠过多少次衣服，和你一起吃过多少顿饭了。真的，想到这些我很羞愧。呵，别人厌倦的是我期待的，别人期待的我都拥有着，所以我幸福，我渴望家的感觉，一家三口的天伦之乐。可是我想真正的爱不需要对不起，没有对不起的必要，因为我们是特殊的恋人，特殊的家庭，我们分居两地，这些离别的日子虽然很苦涩，不过在我们手牵手漫步的时候，在心中一定可以渐渐沉淀出一份最凝重、最美丽的温馨。任岁月侵蚀，心境变迁，永不会老，也永远会被彼此珍惜……

尽管想你，念你，盼你，一个人站到窗前叹过气，等宝贝儿子闹过后睡着时想过哭。翻动衣服时看到你的东西，想起一些事，触景生情吧，闭上眼，两颗大大的泪珠顺着怀念期盼的心情从脸上滴落……

儿子的情况跟你聊聊吧！他机灵但很闹，不是安静听话的小孩。爸说这个小东西很坏，稍大些就要严格教育。他的脾气火暴，哭声嘹亮。除此之外，还有一点就是嘴馋，很饱了还在那咽口水，那样子又好笑又可气啊！每天六点前就要起床了，房间硬是不肯待。太早了，出去能去哪，人家都在睡觉的，就跟他慢慢走着，去看上班的人流，去看等车的小学生，看完等到太阳升起来时才回家。再热的天气他都不愿意待在家里凉快，让他碰碰家里没有的东西，坐坐摩托车就起劲得很。

　　老公，过了好多天了，趁儿子睡觉我再给你写啊，信息就先不给你发了，别着急哦！看着你的来信，在我心里一次又一次地感动着。你感觉到的孤独和寂寞都是暂时的。我活得很单纯，因为我觉得幸福。我的心牢牢系在你这个男人身上。在幸福面前，我是优等生！维护家庭，爱护孩子，呵护丈夫是我责无旁贷的！从儿子的身上我也学到了许许多多。也许刚刚做妈妈，我还有些不适应，自己还在老公怀里撒娇却让我成天照料儿子的饮食起居。每次他入睡了，看着他帅气、可爱、胖嘟嘟的小脸，看到他对我的依赖，我感到了莫大的幸福。做妈妈是辛苦的，别的不说，这九个月来没睡过一个囫囵觉。但是我郑重声明，做妈妈是最幸福的，哈哈！那种从心底喷薄而出的母爱让人懂得宽容、博爱。看到儿子每天的成长变化，疲劳辛苦都变得那么无所谓。对儿子的牵肠挂肚我承认是任何人也比不了的。我时常觉得自己的心在体外，他到哪儿，心就跟到哪儿。老公，我现在更加明白什么是"得到"了，握在手中的就是得到。等儿子长大了我告诉他，爸爸妈妈因为爱共同创造了一个生命，从此得到了今生更多的幸福和快乐。

就像老公以前信里说的，婚姻没有最好的，只有最合适的。我也很认同，你看我们距离这么远，相见那么少，可事实上一点也不觉得因此而生分。呵，只要有爱、宽恕、信任和忠诚，路再长，也不会远！老公是名军人，我的生活不能选择，但态度是可以的嘛。

听老公说这几天又得奔波着去维修设备了，我很牵挂你。原谅我只能给你远隔万里的祝福。愿老公健康快乐！在外面的时候要小心做事，注意安全，有什么开心的不开心的都要记得和我说！我爱你老公！

幸福没有确切的定义，我总觉得幸福的定义在于内心的感受，而不是那种必须在某个阶段就要有什么。像我们这样用距离来让感情升温的夫妻不多的，能明白在分离的状态下思考如何快乐幸福的生活就更少了，更多的人在争吵，在冷战，在埋怨，在伤痛，在彷徨，在担忧……而我呢，心甘情愿吧，就这么安然地咀嚼着时光，随着青春，幸福地老去在又一个八年里……

老公，天气越来越冷了，你要多注意身体，我非常地牵挂你。地球是个奇妙的东西，让相爱的人各分天涯却又通过风霜雨雪息息相联。如果不爱，浙江和格尔木毫不相关；如今爱了，格尔木打喷嚏南郑就感冒喽！

守在唐古拉山的邱宏涛在看了丁赟的这封信后，孤独的情感不再孤独，对儿子的牵挂会顿时减少了许多，对丁赟无私的支持会更加的感动，对那爱的温度的感受比往日更加强烈。他一字一句地读着信，一遍看了还觉得不过瘾，一连反复看上三次，他那激动的心情才会平息下来。然后回信，接下来是无忧无虑无牵无挂地奋力工作，他要把出色的业绩作为对妻子和儿子深情的回报。

邱宏涛年复一年地坚守高原不容易，消耗的是青春年华，损伤的是生命健康。同样作为军人的妻子更不容易，丁赟要比别人付出更多，不仅要打理好家庭，还要照顾好老人、抚养好孩子。军人的妻子就是家里的顶梁柱，尤其是像高原军人的家庭，她们以宝贵的付出，撑起了高原军人的后方，使他们得以安心守边。

侧记七

我是邱宏涛母亲。在丁赟嫁到我们木坪村之前，也有外地来的媳妇，安徽的、湖北的，但是最后都离开了。所以我们对她也提不起热情，不抱希望，因为早晚也是要离开的。所以我们怀疑她，从内心里提防她。

我们这里好多年轻人都到浙江去打工了，听他们讲，浙江比我们陕西好得不是一点点，差距大着了，那边人都有钱，生活都比我们好。这女子有文化，有好工作怎么可能待在我们这山沟沟里，可能过上一段时间，也像那些媳妇一样，一走了之。

我们虽然是农村人，但也活了一张脸，我们也怕别人笑话。宏涛把她领到家里，我们也就是做个样子，随便应付一下。看到他们两人的结婚证，我们还藏了起来，能留住也好，不但省了礼金还有婚礼钱。

丁赟这女子，和别人明显不同的是，她穿衣打扮朴素简单。村里不少人都问她，为什么年纪轻轻的不穿鲜艳点的衣服，她总是笑笑，并不回答。

她随儿子宏涛上高原回来后，我没想到她就真的住了下来。我们农村也不讲究，生活设施很简陋，东西也乱摆乱放，家里就是这个情况。我们并没有因为她的到来，而改变原来的生活习惯，可她却想让我们家有一些变化。她把堂屋十几年没挪动过的碗柜里的所有东西都搬出来清洗整理，把我们难得打扫的角角落落都打扫了一遍，把我们过年才擦的大门擦得干干净净。但是我们觉得在农村根本没这个必要，东西搁眼前还方便，不用四处寻找。我们对她的做法不太满意，感觉她这么做就是嫌弃我们，看不起我们。后来丁赟可能也感觉到了这一点，也就不再打乱我们的生活习惯了。

慢慢地我们发现这女娃真的和别的外来媳妇不一样，不是那种好吃懒做，受不了苦的人。她勤快得叫我们难受，什么活都愿意干，虽然干不好，但我们干什么活她都跟着去学，帮我们。我们下地干活，她后头跟着，一边看一边学着做，还挺聪明，学一样会一样。操持家务，出门（走亲访友）样样能忍。我们的亲戚和村上的人都说这媳妇好，随我们（就是像一家人）。她刚开始做饭，按她老家的口味做，我们吃惯了这里的麻辣味道，突然吃那么清淡，觉得没胃口，可也不好说人家女子的不是。吃饭时我们总是另外吃点辣子。这女子心细，看出了我们的心理，以后做菜尽量照顾我们的口味。她自己却经常吃白米饭，因为菜太辣，她吃不了。我们都说了，让她按以前的做，她还是按我们口味去做，慢慢地这个家里有什么事我们都愿意让她来处理。

就这样一晃过了 9 年，她尊重我们，从来没有跟我们大声说过一句话。我们也没见过啥世面也不懂，所以有什么事她都不慌不忙自己去解决，我们也没有帮她做过任何事情，都是她自己担下来了。原先在我们心里，只要是不离开的媳妇就是好媳妇。现在看来，我们是捡了个大宝贝。她不但没有离开，还把我们这个家打理得很不错。儿子不在家，都是我们这个媳妇跟我们过日子，她就是我们的主心骨。我们有了病她会照顾，经管娃的事也不需要我们操心，这就是我们的福气了。这女娃能干又懂事，我们对不起她，为了我们这个家，她把正式工作也辞了，吃了不少苦，与父母相离又那么远。我们打心里感谢她和她的父母！

第二十八章

　　邱宏涛选改四级士官在高原服役的第十二个年头，也是丁赟嫁到南郑的第五个年头的二〇一〇年，已经适应大山里生活节奏的丁赟，命运又一次跟她开了一个不小的玩笑。一天，她发现自己身上的一颗黑痣有了异样，先是痒，后是疼，接下来是肿，丁赟不敢马虎，赶忙坐车到城里医院去看医生。医生告诉她是黑色素痣病变，有可能是一种恶性肿瘤，如果不及时手术根除，就有可能扩散，那样就非常危险了。

　　一颗小痣，听起来却是那样的骇人。当时正值高原的春天，是输油泵站一年中最繁忙的时候，要不要打电话给邱宏涛，要不要他回来，要不要马上做手术。如果不及时做手续，肿瘤扩散了怎么办？儿子那么小没有人抚养怎么办？还有爱她一生也不离开她的邱宏涛怎么办？面对一连串的怎么办，一向办事很有主见的丁赟第一次没了主意。她纠结地拿着手机却不知怎么办，一次次调出邱宏涛的电话，可最终没有按下去。她心想，邱宏涛作为输油泵站的技术骨干，组织上那样信任他，刚给他选改了四级士官，在输油任务最重的时候请假回来照顾老婆住院，是不是有点小题大做，是不是有愧于组织的期望。最终她横下心来，有病自己找医生，有难自己扛，在电话里关于自己患病的事对邱宏涛一字不提，免得他知道后分心分神。主意拿定之后，她将四岁的儿子托付给了公婆，自己则提着包走进了医院。

切除一个痣，手术不大，却让人揪心，是良性的还好，一旦是恶性的，治疗起来就十分地麻烦。住院后，由于婆婆身体不好，又要带小孩，当时正值农忙，公公承包了几十亩农田，一个人农活都忙不过来，丁赟一时无人照顾，只能一个人在医院开药、缴费、手术、取药、输液，看着其他病人有人跑前忙后，自己一人孤独无助地等待病理检验报告，心里不免酸涩。好在，上帝垂青，好人自有好报。在漫长的等待中病理化验结果终于出来了，她拿着化验单递给医生，医生很认真地看了结果后告诉她，放心吧，是良性的，你可以出院了。她听后如释重负，忍不住拿着化验单蹲在墙角号啕大哭起来。对丁赟来说，哭出来的是眼泪，是对连日高度紧张和压力的释放，是向人生平安幸运的致敬。她的脚步又重新回归到了过往的轻松与欢快。从县城坐车到了镇上，她没有再坐车，而是选择了步行，她要放松地走一走，呼吸一下乡村的新鲜空气。道路两边，就是一片片的油菜花，辛勤的蜜蜂正在桃花、杏花的花蕊上忙碌，耕田的农人扬着鞭子吆喝着犁田的水牛。有一段路，路两旁全是盛开的油菜花，她整个人就走进了花的海洋之中，面对醉人的花香，她不时停下脚步，驻足观赏的同时，张开嘴做深深地呼吸，她要把几天来积在心中的气全部地吐出去，让馨香的油菜花滋润五脏六腑。

在夕阳洒满那绿树掩映的庭院时，她走进了院子，儿子的奶奶在厨房里做饭，儿子一个人在院子里用泥巴捏泥人。儿子听到院门被推开的声音，本能地抬起了头，三天没有见到妈妈的豪豪，扔下手中的泥人，像小鸟般扑进她的怀中。丁赟见了活泼可爱的儿子，一切的忧愁都随之烟消云散。她抱着儿子，掏出手机，给邱宏涛报了平安，一五一十地讲了手术前后的经过。

邱宏涛听着妻子的倾诉，他只有一遍一遍地安慰，除了安慰，邱宏涛说得最多的一句话就是，你一定要多保重，儿子不能没有你，我也不能没有你，待我转业了，好好回报你的付出。

人吃五谷杂粮哪里有不得病的。儿子豪豪虽然身体很健康，但他也与所有的孩子一样，也有头疼脑热的时候，白天儿子患病了还好说，就怕晚上，有几次，儿子因感冒发高烧，她只能以极大的勇气，走进黑黢黢的夜中，只身一人将儿子背到镇医院去看医生。在漆黑的夜晚，除了劳累，对儿子病情的担忧，还有对月黑风高的恐惧。为了儿子她只能把恐惧抛在脑后，把劳累抛在脑后，事后她常常心有余悸，对乡村的黑夜怀着一种挥之不去的恐惧。

丁赟虽然是一个娇小温柔的女子，她却有一个坚强博大的内心世界。当邱宏涛有了烦心不顺之事，她不是跟着叹息，而是想方设法开导他，朝着正确的方向引导他。她在给邱宏涛的一封中开门见山地说：

> 亲爱的，你二十六岁生日很快就要到了。这么多年来我没有给你过过一次生日，对不起啊，从生日那天开始，我希望你改掉消极自责的毛病。在未来的日子里，当你犹豫彷徨面对压力不知所措时，把自己抓回现实，迎向战斗！不论结局如何，我自始至终与你并肩同行。记住了吗？多年的等待，短暂的相聚，残酷的分离，我知道很多时候你感觉失落，原因是我有了牵挂的儿子，你感觉自己不再是我的唯一了。两地分居的你明显感觉自己的不安，面临这样的考验，你我却需要足够的自信，我相信这样的经历于我们而言不仅可以品味苦尽甘来的人生，用最真的情拉近最远距离最近的爱，而且还可以让我们倾心担负为人父母的担子，为儿子的成长保驾护航！

一个贤惠的女人，一定是相夫教子的女人；一个优秀的军人，身后必有一个像她丈夫一样热爱祖国、热爱军队、热爱高原的女人。邱宏涛自从与丁赟通信确立朋友并演绎推进成为恋人关系后，无论是成长进步的喜事，还是生活的愁事；无论是对前途的担忧，还是对人生出现的坎坷，他都会在写给丁赟的书信中毫无保留地写下来。丁赟也是一样，无论是成长的烦恼，还是人生的困惑；无论是家庭的琐事，还是单位人际交往的杂事，她也会把所思所想原汁原味地告诉邱宏涛，这也许就是他们成为无话不谈的朋友、心心相印的恋人、志同道合的夫妻的重要基石。丁赟不仅在精神上给予邱宏涛慰藉，而且在工作上也会尽自己所能帮助他出谋划策，给他鼓劲加油，她在一封信中写道：

老公：

这封信，是我写在老兵离开那一天的，不过我不知时间会不会吻合。老公，今天你会是怎样的复杂心情，我能理解。

此时此景，我很想劝你今天少喝点酒，可我又怕我会告诉你，喝得开心些，尽兴点，在这样的季节里，在这样的离别场合你会更加地思念我。这一次应该没有和你同年的兵吧。战友之间的那种情意，曾经一起摸爬滚打，一起哭过、笑过，谁都不能忘记。生活是孩子的童话，而他们都已成年了，你也成熟了，必须承受"心灵虐待"吧，都是最可爱的人！在别人眼里，或许军人的概念很多，但我现在明白的是哪里有危险、哪里最苦、哪里最累，哪里就有光荣的人民解放军战士。

写着写着，又操心起你的身体了，最近你睡得不好还老感冒。你吧，越活越小了，老公，我查过资料了，你知道吗？一两酒能使肝脏忙上四个小时，如果喝多了，肝脏天天加夜班也忙不完，更何况还有别的食物也需要肝脏的解毒啊，当肝脏解毒不及时，毒素进入了肾脏，不停地侵蚀……

送走他们其实也该高兴，不必再担心他们干活冻得嘴唇发紫，手指红肿，温暖的妈妈为他们准备了最好的疗养地，还有情真意切的好姑娘也一定期盼早日见到他们，不用在那冰雪寒风中战斗，不用再忍受坐立不安躺着也难受的日子里的关节疼痛……

老公，军营的生活对不同的人有不同的意义，不要把别离的烟抽一根又一根。现在通信也都发达了，交通也方便了，就像你的好战友陈超一样，有机会也能时常再见。

从丁赟的信中，不仅可以看到她对自己丈夫的理解与牵挂，还有对丈夫战友的关切；可以看到一个爱军人、爱高原、爱丈夫的拳拳之情、冰心玉壶之心。他们由结婚前的无尽的相恋相思，到婚后的相托相依。他们在结婚之后，虽然两地分居，但两人在情感上，谁离开谁都无法愉快地生存，甚至还像过往一样，每一时都不能不想着对方。即使在儿子出生之后，随着年龄的增长，他们的感情不但没有衰减，反而越来越深厚。虽说，21世纪的一些年轻人的爱情被繁华和浮躁夺去了爱的贞操；虽说，21世纪的一些年轻人的爱情被物质的极大丰富锁住了爱的翅膀；虽说，21世纪的一些年轻人的爱情被虚拟的信息湮没而死亡。

丁赟为了邱宏涛嫁到了汉中，在大山里做了一个没有工作的军嫂，她虽说是心甘情愿地付出，虽说无怨无悔，但她还是害怕回到老家湖州，害怕亲戚、朋友、老师和同学问她在汉中做什么工作。因为在老师、同学和朋友的眼中，凭借她读书时的出类拔萃，日后未来的生活一定是多姿多彩。但现实生活，却恰恰相反，她做了一个平凡的军嫂，一个没有工作的军嫂，她曾经的鸿鹄之志，如今也就在平凡的消磨之中尽失人生的光华。但是，当邱宏涛在唐古拉山每取得一点成绩和进步的时候，她笑得比谁都甜，也就越发对自己的爱情而心满意足。

侧记八

我叫曹毅，二〇一四年九月从重庆璧山入伍，现服役于青藏兵站部唐古拉山输油泵站。

我是二〇一四年入伍的新兵，刚到团里就听说，在唐古拉山有一个工作了十几年的老兵叫邱宏涛。他的事迹在我们同年兵中像传说一样迷人。那时，我在心里想，这邱班长是一个什么样的人呢？

二〇一四年冬天，新训结束，我被分到邱班长所在的连队，我兴奋地想这下好了，百闻不如一见，终于可以见到我仰慕已久的邱班长了。然而我失望了，我上到唐古拉山后，心中的那个偶像班长好长一段时间没有出现。我在心里想，邱班长一定是个高傲自大的家伙，不屑于看一眼我们这样的毛头小兵，他的形象在我心里跌到了谷底。后来，我才知道他是休假了，是我误会他了。

听说他休假快回来了，一连几天，我又开始激动，这回总能看到他了。经过一段时间的接触以后，我发现他十分可敬可亲。我们遇到任何问题和困扰只要愿意找他，随时可以向他请教和求助。每到想家时，邱班长就会出现在左右，陪在身边，开导我说："想家了找机会给家里打个电话，当兵嘛就是要学会苦中作乐，我们来部队是干吗来的，这点苦都吃不了，还谈什么保家卫国，还谈什么让亲人过上安心的日子呢？"不是所有人都有机会到唐古拉山这地方的，虽然这里环境很艰苦，可是没有国哪来的家，既来之则安之。再说了，干坏是一天，干好也是一天，我们为什么不把工作往好里干呢？"我听了感到了一股暖流在心窝里涌动。

在我心中，邱班长是一名优秀的新一代革命军人；在我眼中，邱班长是一名精通专业技术的好班长；在我心底，他是一个重情感的大哥哥。邱班长在高原工作十七年，与我的年龄相差不多，这十七年他一路走得无怨无悔，时刻挑战着生命的极限。他始终带着热爱，带着希望，带着梦想，带着平静的微笑，在高原默默地奉献。

老兵给我讲，邱班长不仅业务技术好，而且十分敬业。二〇〇三年十月的一天，输油参数突然显示不稳定，根据以往的情况判断，唐古拉山往安多方向出现了跑油，团领导指示连队对上行五十公里管线进行徒步巡查。当时已经是深夜十一点多，高原的夜晚寒风凛冽，外面零下十几摄氏度。他主动请缨带领全班人员，迎着刺骨的寒风，沿唐古拉山输油管线巡查，终于在离连队十公里处发现了盗油分子在管线上打开盗油的阀门，并及时向上级作了汇报，并以最快速度进行了处理，恢复了正常输油。就在这次巡查的路上，因为他专心巡查，忽视了对脚的保护，完成任务后才发现脚被冻伤，有几个脚趾头几乎被冻坏，半个多月他的脚都无法着地。正因为这种敢于拼搏不怕死的精神，在他的带领下，柴油机班一次次出色完成了管线抢修、设备紧急维修等急难险重的任务。

在唐古拉山，与邱班长朝夕相处，我获得了一种力量和激情。从邱班长身上，我看到了当好兵与带好兵、人生理想与坚定信念的高度一致。在我心里，邱班长就是一个英雄！一个能为他人着想的好班长，为了部队建设发展可以贡献出自己一切的好军人。虽然，我也知道邱班长的家境不富裕，可我从来不觉得邱班长是贫穷的，他留在我心灵深处的精神财富足够滋养我的灵魂，让我享用一生。在我青春的记忆里不能没有邱班长！我要做一个像邱班长一样的真正军人战斗在唐古拉山。

第二十九章

　　一个被人爱，为爱而感动的人，他会为爱而奉献自己的一切。丁赟为爱而甘愿付出，同样邱宏涛爱自己的岗位、爱自己脚下那片土地，爱丁赟这样贤惠善良不怕吃苦的好妻子。正因为他有着无限的爱，他才能在唐古拉山那个高原缺氧极苦极寒的无人区一干就是十六年，而且始终动力不减，始终保持拼命三郎的劲头。他说他不好好干，一是对不起组织的培养；二是对不起一家人的希望；三是对不起丁赟对他付出的爱。

　　在唐古拉山输油泵站，有一项工作更为枯燥、艰辛，甚至充满了危险，那就是巡线。对邱宏涛来说却是一个例外，泵站领导每次下达巡线任务，他都是主动承担。

　　输油管线被西藏人民称为第二条生命线。输油管线在辅设过程中，一般都是沿青藏公路左右两侧而辅设，但也有例外的时候。公路都是顺山势而筑，管线在辅设过程中，则尽量走直线，那样既节省材料，又有利于油料输送。如此一来，当公路顺着山势转弯的时候，输油管线却走了直线，输油管线常常沿着陡峭的山岭呈直线顺山势而上，然后再顺山势而下，因而输油管线的线路要比公路险要得多。巡线是泵站必不可少的一项工作，原因在于近些年来，高原气候和地质多变，人为破坏因素也在增长，巡线就是为了及时发现隐患并排除故障。每次巡线，邱宏涛除了携带常用的维修工具，手里还要拿一把铁锹，以便及时对暴露在外的输油管线进行掩埋。按要求，巡线就得沿着埋着地下管道的线路行走，这样一来，巡线的路走起来就很复杂，一会儿是顺着公路走，一会儿是顺着荒山秃岭走，一会儿是过沟越坎，一会儿是攀越险峻的河谷，一会儿是陡峭的山崖，无论脚下的路多么难走，巡线都得沿地下管线的线路巡查，越是险要的地方越是不能马虎，否则巡线就会出现失误，造成不可弥补的损失。有一次巡线，巡到一个山谷地带时，只因昨天夜里刚下过一场雪，那又窄又长的跨山栈桥的钢板上结了一层薄冰，人走在上面十分打滑，当时山谷里风大，栈桥像一根电缆在空中摇晃得厉害。为了安全起见，邱宏涛决定从沟底的冰面上穿过，当他们跌跌撞撞下到谷底时，发现冰层并没有他们想象的那样厚实，他二话不说，让随行的战友在山边等候，自己二话不说下到了冰面上。河床不宽，也就五六米的样子，邱宏涛小心翼翼地刚走一半，冰面突然破裂，他整个人也就一下子陷了进去，好在水不深，只淹到了他的膝盖。既然掉进了冰水里，他干脆一不做、二不休转回身，踩着冰块，回到了沟边，将一同随行巡线的战友背了过去。过了冰河，邱宏涛凭借多年在高原与冰雪斗争积累的经验，不管风多大，天气有多冷，他毫不犹豫，以最快的速度脱掉灌了水的鞋子、打湿的袜子和裤子，麻利地将鞋子里的水控干、将袜子裤子拧干，然后再快速穿上。在返回泵站的路上，他不顾缺氧，铆足了劲儿快步奔走，为得是节省路上的时间，为得是让身体处在发热的状态。五月份在内地是艳阳高照的春天，在唐古拉山，却依然寒冷刺骨，他咬着牙，以最快的速度赶回了输油泵站。回到站里，军裤已经结了一层薄薄的冰块，当他脱掉皮鞋，双脚被冻得通红。让邱宏涛万幸的是，这一次历险他没有冻伤，只是得了轻微的感冒。

　　唐古拉山输油泵站负责维护保养的线路地质复杂，而且海拔高、气候恶劣，有时巡线走到半路上，碰上下雪和下雨刮大风是常有的事情。在唐古拉山最怕的是感冒，如此一来，邱宏涛在恶劣的气候里，于他来说感冒常常发生，常常带着浓重的鼻音。只要与丁赟通话，丁赟从他的嗓音中便知道他又感冒了，每次通过话后，丁赟都心疼得直掉眼泪，在信中一再劝他保重身体。在唐古拉山，除非你每天待在屋子里、躺在被窝里，才有可能减少感冒，即使那样，也很难做到不感冒。丁赟心疼地在信中劝他说："真想在你身边做些什么，好好照顾你！爱情是最具有奉献精神的也是最自私自利的吧，我甚至会过分地希望你每天什么工作都不要做，就在那坐着，坐累了就去床上躺着，我不要你太辛苦不要你忙得很累的样子，你是不是又要问我'我女人怎么这样傻'，哼，我就这样，让我时时刻刻见到你我就放心了，才能放心了。你知道我在日夜为你担忧吗？我能做的只有为你祈祷，愿你健康快乐！"丁赟的信完全可以理解。正如一位有名的大作家在经历了高原缺氧的厉害之后说，在唐古拉山当兵，每天什么都不干，躺在床上，都是一种奉献。

在唐古拉山当兵哪里有躺在床上的军人，一个真正在唐古拉山干不下去的人，哪怕让他多待一天，都是无法想象的事情。只有具备特别能吃苦、特别能战斗、特别能忍耐的军人才能坚守高原。在唐古拉山，孤山野岭中巡线，还有一种意想不到的危险，就是与狼和棕熊遭遇。所以每次巡线他们都是两个人一组，手里的铁锹既是他们护线的工具又是防护自身安全的武器。有一次，邱宏涛带领一名新兵从唐古拉山输油泵站朝安多方向巡线，过了唐古拉山风口，巡至一个漫长峡谷时，天气突然变坏，狂风大作，天空灰暗发黄，当时正值隆冬，有下大雪的前兆。新兵一见天气不好，十分害怕，不想再往前走了，说峡谷里荒无人烟，天气又这么糟糕，还不如趁大雪降临前早点回去。邱宏涛说，那怎么行，哪里有变天、下雪就不巡线的？下雪在唐古拉山是常有的事情，有我在，你根本不用害怕。新兵又说，安多这一带狼多，万一碰到狼怎么办。邱宏涛看了看四周的峡谷说，放心吧，凭我的经验，这个峡谷不会有狼。就在他们继续沿着管线往前走的时候，后面突然传来沙沙的脚步声。开始邱宏涛还以为是两边山崖岩上的流沙，可是当他们继续往前巡线的时候，那声音仿佛就在耳边，他警觉地回头一看，在身后一百多米左右，出现了两只绿色宝石般的眼珠。邱宏涛心里一紧，但他并没有慌张，因为这样的事情，在巡线的过程中，时常碰上。为此他镇定自若地让新兵随他吼起了《青藏高原》。因为缺氧，胸闷气短，他们的歌虽然唱得不连贯、断断续续，但吼得有力，高亢嘹亮。一时，整个峡谷除了西北风的吼叫声，就是他们震天的歌声。不一会大雪铺天盖地下了起来，跟在他们身后的狼并没有离开，狼也许是饿了，也许是群狼履行跟踪监视的任务，由此锲而不舍地尾随其后，等待着最佳攻击的时机。邱宏涛不知道新兵是否知道身后跟着狼，他也没有告诉他，他知道新兵胆小，如果告诉他身后有狼跟着，那新兵轻则吓得尿裤子，重则吓得走不动路。他有意让新兵走在前面，他拿着铁锹跟在后面，他的耳朵保持着高度的警觉，一边听着风声，一边听着狼的脚步声，而他的脚步始终方寸不乱，富有节奏地踩着大地。在心理的对抗中，他们很快走出了峡谷，山外面就是宽阔的坡面，再往前五百米就是他们巡线的终点，也就是安多的交界处。当邱宏涛回首的时候，狼在山谷口发出一声既尖又长的嗥叫，随之狼的声音与它的身影消失得没了踪影。

　　每巡一次线，要穿越两次唐古拉山口，那是他们巡线和返回的必经之地。那山口海拔虽然比泵站所处的位置只高出二百多米，那高出二百多米的山口却正是风口，即使碰上好天气没有刮风下雨下雪，到了山口依然风声大作，如果遇上大风，山口的石头都被风刮得在地上打滚。因为风大，氧气极为稀薄，用老兵们的话说，上唐古拉山风口巡一次线，是折寿一年。邱宏涛不怕风大也不怕折寿和危险。他巡线从不偷懒，该巡到的地方他从不落下，凡跟他巡线的新兵，都嫌他死板，都害怕跟他巡线。

　　邱宏涛之所以爱巡线自有他爱的小九九，每次巡线返回时，只要天气好，时间充裕，他都会在建有基站不远的一个信号充足的半山腰停下来，掏出手机给丁赟打电话。那时输油泵站信号不好，打电话讲不了两句就突然中断。在那个开阔的山腰，既避风，又暖和，他会靠在一块大石头上一边休息一边幸福地给丁赟讲上半个小时，每次都是手机打得电池发热，快断电了他才收手。兵们都不解，说他平常话不多，与嫂子讲起话来是没完没了。他总是笑着说，过去没手机靠写信，现在有了手机靠打电话，电话也不是天天打，我是把话攒到了一块，与老婆通话时，自然就有话可说。

他们的爱情是建立在共同守边的理想之上，没有私心杂念，不带走高原的一丝云彩。

侧记九

我叫王有山，现任第四军医大学副政委，二〇一五年三月前任青藏兵站部副政委。

邱宏涛在"世界之巅"的唐古拉泵站一干就是十七年，说他是"生命禁区的雄鹰"和"乌龙护神"是恰当的。初识小邱，一是帅，二是白，人很腼腆。经过一段时间的了解，发现他温顺的性格中蕴藏着勇敢，有着坚韧和担当的优良品质。我为有这样的高原战友竖指点赞。邱宏涛与他的妻子丁赟可谓"不是一家人，不进一家门"。他们都有着献身国防和爱情的坚定信念及不懈的追求，他们无私奉献的宝贵品质，反映出英雄与道德典型的精神内涵。

我叫李雄辉，湖南人，总后青藏兵站部输油管线管理团二营政治教导员，中校军衔。

在唐古拉蹲点时我曾找邱宏涛谈过心，问了他的现状，聊了工作、生活。我问他，你为什么能驻守唐古拉十几年？靠什么待下来的？他嘿嘿一笑，说："没什么，唐古拉就是我的家，我是在这里成长起来的。作为一名军人，唐古拉再苦也得有人守啊；作为'家'里的一分子，我不愿离开这个我奋斗了十几年的大家庭。在寂寞难耐的时候，我也想过离开，可终究割舍不下。"我听了心里为之一震，这可不是说大话，大多数官兵在如此苦寒的地方，也就干两年到五年，像他这样把连队当家，把战友当家人，并且十多年如一日的高原老兵，让我很是敬佩。

邱宏涛有位贤惠的妻子，一个在长江头，一个在长江尾。可能就是天作之合，二人终究躲不过姻缘的牵绊，于重重阻碍中步入婚姻的殿堂。仅凭这一点，我深信他是一个用情专注、用心去追求的人。像他这样的人，本身就具备一种专注的魅力。其实，在外人看来专注的人往往是傻傻的，但他们傻得纯粹透亮，傻得心诚福至，傻得可爱可敬。邱宏涛跟我说过，他与妻子只是领了个结婚证，没有办婚礼，妻子虽然嘴上不说，但他的心里却一直很愧疚。想想也是，一个女人在最美的时刻没有婚纱的装扮，在最幸福的时刻选择同爱人并肩携手奉献，对这样的军嫂我是由衷的钦佩，也为邱宏涛能娶到这样志同道合的女子而骄傲。他们的事迹我也听过不少，妻子默默支持丈夫工作，相夫教子。丈夫远在边关，与星辰为伴，可还是少不了思念，忘不了牵挂。这么多年来，苦累相随，仍相濡以沫。的确，作为军人，忠孝难两全，成全了事业，苦了家人。这些都是摆在我们军人面前的现实问题。风雨无阻一路相伴，是他们在践行属于自己的爱情誓言，更是广大军人家庭的榜样。我也同邱宏涛一样，有老有小，对于他面临的困难深有体会。这么多年，最苦的不是我们训练有多苦，工作有多累，苦的是在家里日夜牵挂我们的家人啊。

与邱宏涛接触最多的时候是对管线进行徒步巡护的路上。对于野外管线，邱宏涛就是一本活地图。哪段管线有裸露点，哪段曾经被盗油分子安装过阀门，哪段穿越河流，哪段绕过了哪个村庄、哪户人家，具体位置在哪里他都烂熟于心。每次拿捏不准的时候我都要叫邱宏涛跟我一块，有他在，我心里就有底。他高原工作十七年，巡线的次数数不胜数，巡线里程就更无法计算。他对野外管线能达到如此熟知的程度，确实令人折服。巡线是枯燥乏味的，可在他眼中，巡线就如同盖高楼大厦的奠基工作，容不得半点马虎和丁点大意。在巡线过程中，他总是精神抖擞，极其认真。雪域高原上的一次次巡线，广袤戈壁上的寒风刺骨，他从不畏惧，总是走在前，干在前。他说这是责任使然。

在战友眼里，邱宏涛对工作、对生活都是一个专注至极的人；在家人眼里，对家庭倾注的心血确实少了点，或许不称职。可在我看来，他不仅是工作上的骨干，更是好丈夫，他用军人特有的语言诠释了他为人丈夫的追求——军功章里永远都有她的一半。

第三十章

邱宏涛当新兵下连分到唐古拉山输油泵站不久，老班长就给他讲了两件历代泵站官兵无法实现的梦想，第一个梦想是谁能在泵站的营院里栽活一棵树，兵站就给记三等功一次。为了栽活一棵树的梦想，每一茬新兵来到唐古拉山输油泵站后，都有人跃跃欲试，利用探亲回家或者到格尔木培训的时机，带回耐干旱的树到泵站的营院里试种，最后无不以失败告终。邱宏涛也不例外，他也尝试过，那是他当兵的第二年，他下线到格尔木参加业务培训，当时正值六月，格尔木路边的鲜花刚刚开始打苞，白杨树开始发芽。邱宏涛按照园艺师傅的指点，挑选了一棵适宜高原生长的刺槐。那刺槐有拳头粗，头被锯掉了，只有躯干，根须先是用塑料薄膜裹了一层，然后又用草绳缠了一层，最后又用铁丝加固，为得是确保供根须所需要养分的土壤一粒不散地运到唐古拉山。挖树坑时，邱宏涛充分汲取前人栽树不活的教训，他要把树坑挖得足够大，可是脚下的土地挖不到两锹深，就是万年不曾开化的冻土层，一锹下去后却是一个白点，邱宏涛没有退缩，他灵机一动，用高压锅将水烧开，将沸腾的开水倒进树坑里，他就这样采取剥竹笋的办法，硬是开挖出了直径两米宽、深一米的树坑，然后才将根须保存完好的刺槐放进树坑里，又将从河滩边捡回来的牦牛粪填在树的四周，最后在树坑的表层盖上了一层细土。至此以后，邱宏涛每天早晨起来，第一件事不是上厕所，也不是洗漱，而是跑到院子里去看那棵刺槐树，看树身是否长出了新芽。

风越来越暖和，不再扎脸；沱沱河两岸的冰块开始融化，冰块的撞击声越来越刺耳；当河水发出欢快的歌唱，荡出美丽的波纹时，刺槐树艰难地长出了新芽，那充满生命的一点点绿色，让邱宏涛激动了好几天。他想，功夫不负有心人，铁树也能开了花。就在他高兴得心花怒放的时候，站长却给他浇了一盆冷水。一天，邱宏涛站在树旁，正有滋有味地欣赏那一天天长大的新芽时，站长来到他身边说，这棵刺槐树能活过来不简单，可是它今年能活还不算活，明年这个时候它能照样发芽才算活。邱宏涛满脸疑惑地问，怎么可能，这树不是活了吗？活过来的树，来年还能死了？站长说，这里是唐古拉山，不是格尔木，更不是内地。唐古拉山的秋天极为短暂，寒冷的冬天很快来临了。刺槐的树叶似乎在一夜之间就枯黄了，细嫩的树枝，像老太太的脸打着皱褶。一场大雪过后，刺槐树就像打在地里的一根木桩，没了生命的一点气息。

从此以后，邱宏涛的心里就像盼望丁赟的来信一样，渴望来年的春天早一点到来。时间周而复始地向前移动，他只能掰着指头数日月。当唐古拉山的春天再一次降临时，刺槐像是受了天大的委屈，苦着脸一声不吭；又像是睡过去了，总是醒不过来。邱宏涛每天只要没事，他都要绕着树转上几圈，一天又一天，不见发芽不说，相反树皮的颜色越来越黄，就像是害了一场大病的人。

正如站长预言的那样，第二年刺槐树没能发芽打苞长出嫩绿的叶片。漫长的寒冬，冻死了邱宏涛的第一个梦想。

在唐古拉山，官兵的第二个梦想是干满十五年。为了挑战这一极限，实现这个梦想，在每一茬兵中，都有心怀雄心大志的人，可最终没有一个人能实现这一目标。在他们中间，要么是因为身体出了这样或那样的毛病，确实无法继续在高原工作；要么是因为家里出现了这样或那样的困难，在唐古拉山干十五年的梦想只好自己把它终止；要么是自己有心干、身体也允许，可是站里在那一年没有套改四级士官的指标。邱宏涛在第一个梦想破灭之后，第二个梦想很快腾空而起，他坚信自己的身体没有问题，别人在高原干久了，身体会出现这样或那样的毛病，诸如心肌肥大、脾大、血压高、血黏稠等，每年身体检查时，他的指标都在可控范围内。一位医生说，在青藏线、在唐古拉山当十年兵，恶劣的气候对人的身体损伤非常之大，三十多岁的人，内脏器官与四五十岁的人差不多。邱宏涛不仅对自己的身体充满了自信；更因为有丁赟的支持，对稳固的后方从没有一丝忧虑。他信心百倍地从选改一级士官到套改四级士官，从来没有一丝犹豫，泵站也离不开他这个技术骨干。每次套改士官时，他都会或写信或打电话征求丁赟的意见，丁赟深知他的心思和意愿，所以每次她都会干脆地对他说，只要部队需要，只要你身体能够扛得住，你爱干几年干几年，我决不拖你后腿。

极限在不经意间打破，梦想在他坚守中的实现。二〇一四年年底，邱宏涛四级士官期满，在唐古拉山他就整整干满了十六年，坚守高原十五年的梦想得以实现，使他成为在唐古拉山输油泵站服役时间最长的人。在一个时间段上，他就像唐古拉山输油泵站的活化石，见到了他就等于看到了输油泵站的昨天和前天。他以平缓的口气说，四级士官是青藏兵站部最高等级的士官，我虽然还想在唐古拉继续干下去，可兵站部没有套改五级士官的指标，梦也就只能在十六年这个节点上画上休止符。事情也有凑巧的时候，二〇一四年夏天总后一位领导到青藏线上检查工作，当听了邱宏涛和丁赟好军嫂的感人事迹后很受感动，指示相关人员与总部军务部门协商，尽一切可能保住这棵能够在唐古拉山生根发芽的"常青树"。

邱宏涛这个唐古拉山输油泵站离不开的优秀士官，再一次获得了阳光雨露，二〇一四年年底他被作为技术骨干破例保留了下来。又到了漫长的冬天，邱宏涛面窗而立，他的脸上露出了坚毅的微笑。大雪过后的唐古拉山银装素裹，眼前的格拉丹东雪峰像待嫁的新娘，一束雪莲在云开日出后鲜艳的绽放。蓝天下的洁白云朵，在沱沱河水的伴奏下轻歌漫舞。一只棕熊发出粗犷的吼叫，太阳像出水的芙蓉从雪山背后跳跃式地向上升起，邱宏涛的眼中再一次出现了雪莲一般圣洁的丁赟。

这绝不是风花雪月的梦想，这里也没有花前月下的漫步，这里只有一个个生命的奇迹，只有对祖国的无限忠诚，在5200多米氧气稀薄的唐古拉山输油泵站，即使每天躺着，不做任何事情，也是对意志和生命的考验，也是一种生命的奉献。唯有这种热爱才能在神圣的高原播下强军梦想的信念的种子。

她与他，有多少次相见，就有多少次分别，分别之后又是一年的苦苦的相盼。正如丁赟所说，我想你也等我等得很辛苦，等得花儿谢了再开吧？放心吧，我是你永远的温暖，你累了，到我这里歇息，我就在你转身的地方，一触即是！我不会离开你，不管多苦，我都能陪你走过。

是啊，一对心怀美好向往的军人夫妻，他们时刻期待着明天的相聚，以一颗跳动的心为对方转个不停。坚守高原的邱宏涛是幸运的，更是幸福的，秋夜的风姑娘在为远离他乡的他传送思念的琴弦，跳动的音符描绘的是深深的爱恋，那随风送去的相思云朵，会在空中凝结成心雨浸满这个高原老兵的整个心田。同样，在唐古拉山的雪线之下，雪莲依然以顽强的意志为苍茫的青藏高原增添最绚丽的花朵和最美笑容。

侧记十

二〇一五年五月，丁赟被授予"中国青年五四奖章"，并被评选为"全国向上向善好青年"，成为全军唯一的两项荣誉获得者。她参加了全军事迹报告会，受到了军委领导的亲切接见和高度赞许。一个月后的六月二十五日，她再一次作为先进代表，在总后勤部组织的"强军"报告会上作报告。她的事迹感动了总后的官兵。主持人在她的事迹启示中说：

丁赟的故事，清纯得像高原的雪，清丽如太湖之水。她让我们再次领略，人间真挚的爱情是有的，真正的爱情有多么美好；人间的美德也是有的，真正的美德是高尚的、令人向往的。她让我们再次感受到"军嫂"这个称呼中的无限温暖、无限内涵。她们是一支军队的后盾，是中国社会内部一支伟大的力量。虽然，她只是一个士兵的妻子，她值得一支军队向她致敬！

安多之夜（后记）

　　十月的西藏安多，少雨少雪，白天天高云淡，夜晚繁星闪烁，气候寒冷，风在五六级左右，有风的夜晚更显缺氧。

　　凌晨不到四点，我艰难地从床上爬了起来，不为赶路，也不为失眠，而是因为缺氧，心慌、头疼、呕吐，让我实在无法继续赖在床上。起床之后的第一件事就是想找一个氧气瓶。我走出房间，透过过道的窗子，整个安多一片漆黑，兵站的官兵都沉浸在梦乡之中。走廊里灯光暗淡，院子里的大操场上，别说有人，就连一只野狗、野猫都没有；营房四周的山冈，因为天黑的缘故，像似比白天矮了许多。长长的一栋房子，我不知道哪个房间里住有人，哪个房间没有人，更不知道哪个房间里有氧气瓶，所以我不敢贸然开门，去寻找自己需要的氧气。万般无奈的我只好从走廊里退回房间，房间里是冰冷的，外面的夜是漆黑的，我只好重新回到被窝里。半躺半倚半靠地像虾米一样蜷缩在床上，后脑勺像有针扎一般，我真担心血压陡然增高、血液变稠，血管里的血停止流动，而出现人生的意外，就此壮烈牺牲在雪域高原。此时的胃腔里更是翻江倒海，像似着了火，难受到了极点，睁不开的眼睛，只能半眯半睁地盼望着天明。

回想昨天晚上的决定，深感自己草率。我们一行五人于十月十六日天黑前抵达安多。安多隶属于西藏那曲地区，地处西藏北部，位于著名的唐古拉山脉南北两侧，东与青海省治多县、杂多县、西藏聂荣县为邻，南与那曲县接壤，西与班戈县、双湖县搭界，是西藏地区的北大门。安多是一个县，看街道上的规模，与内地一个镇子差不多，如果与南方繁华的镇子相比，可能还有差距。当天下午抵达安多的时候，同行的中国作协的范党辉处长也与我一样有了明显的高原反应，来自成都的凌仕江建议取消当晚食宿安多的原有计划，继续前行到海拔较低的当雄。凌仕江在西藏当兵近十年，他熟悉西藏的地形和气候，知道只要翻过头儿九山和桑卡山，高原缺氧造成的身体不适便会减轻，到了当雄缺氧的问题便会迎刃而解。当时，随行保障我们的总后青藏兵站部的何科长说，要改变计划，还得请示兵站部领导同意。我知道部队的规矩，一天汽车跑多少公里，在哪个兵站吃早饭、中饭、晚饭，都是青藏线官兵几十年的经验总结。我想，部队有规矩，我们已经从唐古拉 5200 多米的高度下降到了只有 4700 多米的安多，缺氧情况可能会大大得到缓解，出于侥幸的心理，我对何科长说，既然请示领导很麻烦，就不改行程了，住安多吧。

安多兵站同样有一个很大的院子，那是供汽车部队停放汽车的；同样有一栋可住上百人住的楼房，那是供汽车兵和过往安多的官兵休息的。做出夜宿安多的决定后，我们将行李提到早已安排好的房间，稍作休息后，便到了吃饭时间。不知是心情稍好的原因，还是海拔下降身体在恢复的过程中，晚餐虽有了食欲，但不敢多吃一口。吃完晚饭顿觉精神好多了。出食堂门，见战士们在简易娱乐活动室进行各种娱乐活动，我便走了进去，与安多兵站的几个老兵打了几局台球。拿起球杆时，我自认为球技不差，打赢他们没有问题，没想到几局打下来是输多赢少。关键因素还是缺氧心慌，再加上体力不支，败下阵来的我，灰溜溜地回到了房间。

天很快黑了，月色婆娑，我正站在窗前欣赏安多的月光。站里的教导员依据安排，为我找来了一个叫李奔的访谈对象。李奔是兵站里的炊事班长，三级士官，人长得精干，干活麻利，能做一手好菜。李奔是四川人，性格开朗，十分健谈，他给我讲了冰冻层栽树、打狼等很多有趣的故事，还给我讲了自己几次恋爱失败的经过。他原本打算干四级士官的，他说在高原身体透支太厉害，每年身体体检，血都抽不出来，年纪轻轻的患上了高血压，心脏也不好，还时常头疼。让人奇怪的是，每次回到老家，不仅血压正常，而且心脏也没问题，头也不疼了。说今年三级期满，无论如何不能在高原继续干下去了。我对他说，你很了不起，在高原已经干满了十三年，完全有理由申请复员回到家乡。

由此，我想起了在唐古拉山见到的邱宏涛，我不知道是什么力量支配他、支撑他、驱使他在缺氧高寒的高原一干就是十六年。

邱宏涛还对我说，如果组织需要，他还准备继续在唐古拉山干下去。两相比较，我不知道邱宏涛是铁打的身子，还是他有战胜高原的什么特异功能。沿青藏线走一路、采访一路，对这个问题思考一路，一时成为未解之谜。

在安多我住的房间里有两个氧气瓶，一个摆在外间的办公桌旁，一个摆在卧室的床头柜旁。望着两个比我身体还高的氧气瓶，我在心里想安多之夜一定能够安然地睡一个好觉。不承想，安多之夜却是我最痛苦的不眠之夜。因为天冷，无法坐在办公桌前看书写作，只得早早钻进被子里；因为缺氧，心慌气短，无法连贯性地思考问题，只能闭目养神。房间的闹钟咔嗒咔嗒地向前走着，不到十二点，刚刚进入梦乡，挂在鼻子下的氧气突然没了。我在心里想，离天亮六点，也就六个小时，我想只有六个小时，我一定能熬过去。没过多长时间，我开始胸闷气短，开始恶心，开始剧烈的头疼，开始一次次软弱无力地爬起来到卫生间里呕吐。觉是无法睡了，头疼得厉害，我只好到外间去搬氧气瓶，那氧气瓶比我人还高，有五十多公斤，圆滚溜溜的，搬是搬不动的，我只好将氧气瓶斜置，人抱着氧气瓶滚动前移。费了九牛二虎之力，好不容易才将氧气瓶弄到了一墙一门之隔的卧室内。躺在床上，吸着氧气正安心入睡，氧气的嗞嗞声又突然停止了。我又开始了剧烈的胸闷和头痛，昏沉沉地爬起来，一看氧气瓶里又没了氧气。看手表时间才凌晨一点十分，离天亮出发还有五个小时，没了氧气这五小时怎么度过。我在床上一会儿坐起，一会儿躺下，一会儿起身到卫生间里去呕吐。胃里稍微好受一点的时候，我会想，过去自己曾经有过只要组织需要，无论到什么地方，自己都愿意去工作的想法，安多之夜的现实检验，彻底打消了我的梦想，高原是工作不了了，无论是提拔还是加薪，自己的身体都难以适应。我又想，邱宏涛为什么能够在恶劣的气候条件下一干就是十六年，是什么样的精神力量在支撑着他？他为此付出了怎样的身体代价？

面对窗外漆黑的世界，面对缓慢移动的时钟，面对两个冒不出一丝氧气的瓶子，我后悔对凌仕江意见的轻视，后悔对自己表态的轻率，后悔自己对安多4000米缺氧的轻蔑。在漆黑的世界里，我感到自己在不停地往下坠落，向着深不见底的深渊坠落，心里在祈祷期盼难熬的长夜快点结束，哪怕只要露出一点曙光，我都可以马上逃脱这个让我万分难受生不如死的地方。

房子里的窗帘一直拉开着，天空月色暗淡，像被拉上了黑色的帘布。我急切地盼望着黎明的曙光到来，煎熬之中，时钟的时针到了五点，漆黑的山在越发黑过之后，眼前的山冈终于有了一抹亮色。身体的不适，使我实在无法继续坚持，我只好走出屋，从二楼走到一楼，顾不得颜面，敲开了凌仕江的房间，问他房间有没有氧气，他说没有；我再敲开司机的房间，司机说，我们上高原，从不用氧气的。我只好再回到楼上，我敲响了住在一墙之隔的范党辉与李艳艳住的房门，我问有氧气瓶吗？她们共同回答说有，进来吧。我走进套间的外间，打开氧气瓶拼命地吸了起来，随着氧气的充足，我不再恶心，不再头疼，不再心慌气短。享受之中，天渐亮了，六点钟到了我们出发的时间，我庆幸终于出发了。

安多，我终于告别了你，我在内心里希望快快地走出安多的地界。

翻过头儿九山和桑卡山，晨曦渐渐初现，天际边太阳开始就是一点点的小火球，当汽车越往拉萨的方向行进，太阳变得越来越大，蓝天下的云彩被初升的太阳染得一片血红。最奇迹的是，缺氧症状仿佛被神灵驱走，虽然海拔还是 4000 多米，氧气已经足够身体的需要，我仿佛获得再生。那奇幻迷人的景色刺激得我热血沸腾，我拿出相机不停地照相，为得是留下那动人心弦的自然风光。我在心里感叹万分，翻过桑卡山怎么会有如此之差别，俨然两个不同的世界。光秃秃的山岭，变成了相对平坦的大草甸子，体积庞大的牦牛，像白云一样的羊群，还有那一个个毡包，与那青中泛黄的草原及近在眼前的雪山和头顶上的蓝天白云构成了一幅美丽无比的画面，与那荒无人烟的无人区形成了鲜明的对比，眼前的景色活脱脱一幅色彩鲜艳无比的油画。

安多之夜于我来说虽然痛苦不堪，但也是值得的。正是因为我在安多一个晚上生不如死的痛苦经历，我才对邱宏涛不平凡之举有了新的认识，对他十六年不平凡的坚守格外地产生了敬佩之情。

氧气的充足，我的大脑很快拥有了缜密的思考能力。我想，只有经历高原的缺氧、漫漫长夜的彻夜难眠，才能切身感到坚守高原是多么的不易；只有体验了高原的荒漠、荒无人烟的寂寞，才能切身感到坚守高原是多么伟大的奉献；只有感受了满桌菜肴而无半点食欲，才能切身感到在唐古拉山无人区单单是活着，就是一种多么了不起的英雄壮举。我在想，邱宏涛一个普通高原士兵，他仅仅凭借通信，就俘获了江南少女丁赟的心，是什么让丁赟爱上一个高原战士，是什么让丁赟心甘情愿嫁给一个高原军人，是什么让丁赟乐意而幸福地选择两地分居、做一个大山里的媳妇；我在想，邱宏涛之所以能够扎根高原十六年，除了理想的追求，坚定的意志，他的背后肯定还有与理想和意志一样重要的东西，那就是丁赟给予他的爱。于是我下定决心，一定要把邱宏涛与丁赟这对新时期像雪莲花一样纯洁的爱情写出来，以赞美爱情的力量。在写《雪莲花开》的过程中，我还机械地在想，邱宏涛找的媳妇丁赟是不是不够漂亮，正因为不漂亮才愿嫁给一个英俊的军人。带着这个疑问，带着追根溯源的心态，我在二〇一四年十一月中旬的一天，坐朋友的汽车经过四个小时的行驶，在华灯初上的时候赶到了汉中。当天晚上，同学张芳安排吃饭，她请的都是汉中的知名文人，诸如作协主席、副主席、秘书长等作陪。而坐在我身边的正好是南郑县委宣传部贾部长，当他听我说专为见高原军人邱宏涛的媳妇丁赟而来时，贾部长马上说，你说小丁啊！她是我们南郑"最美汉中人"的推荐人选，并且当场给丁赟打了电话，约好了第二天采访见面的时间。

第二天是星期天，按照约定时间，贾部长专程陪我一同来到了邱宏涛在汉中买的商品房的小区里。丁赟在接到贾部长的电话后，很快从一栋房子里走了出来，八岁的儿子邱墨豪跟在身后，她的美貌与端庄让我惊讶，让我为之瞠目结舌。她身高约一米六五，不胖不瘦的体型，用亭亭玉立来形容正好恰如其分；她长着瓜子脸，皮肤白里透红，可以说天生丽质；两道又黑又弯的柳叶眉，让水灵的眼睛更加妩媚；鼻梁挺直，极其规整，就像雕刻一般；她的嘴是那样适中，不大不小，绝对是文学中常常描写的那种美丽的樱桃小口；上衣是对襟稍长的薄棉袄，衣领里围着一条白色的纱巾，一根独辫搭在胸前，是那样的素雅、秀气。我在心里想，邱宏涛也太有福气了，能娶到一个如此古典美人，也算得上前世修来的福气。上车后，丁赟按照我的要求，将她与邱宏涛的部分通信复印件交给了我。在前往邱宏涛老家南郑木坪村的路上，我就有关问题与丁赟进行了交流，没想到她说话是那样的得体，绝对是那种有文化、有教养、有修养的新时代女性，与过去传统的文化不高的军嫂有着天壤之别。我问她为什么愿意嫁给一个高原军人，为什么愿意放弃优越的工作到山里做无工作的媳妇和军嫂，她不加迟疑地说，"为了爱情。"

　　回到西安后，我仔细阅读了邱宏涛与丁赟的大量通信。从丁赟的信中，我找到了她为什么爱一个高原战士，并嫁给邱宏涛的答案，那就是：为了爱的追求，为了爱的信仰。过去我只知道人生要有信仰和理想，很少去思考爱的信仰的问题，纯真、纯洁、美丽的爱与信仰加在一起，由圣洁崇高一下子变得高贵和神圣。从邱宏涛给丁赟的回信中，我同样找到了他坚守高原的力量，那就是丁赟给予他的爱，是爱的力量帮助邱宏涛实现了坚守高原的理想追求。从而也就坚定了我写这部长篇的信心，正如我在文中写得那样：虽说，二十一世纪的一些年轻人的爱情被繁华和浮躁夺去了爱的贞操；虽说，二十一世纪的一些年轻人的爱情被物质的极大丰富锁住了爱的翅膀；虽说，二十一世纪的一些年轻人的爱情被虚拟的信息湮没而死亡。邱宏涛这个新时代的高原战士与新一代大学生丁赟，以满腔真情写就了人生大爱之歌、两情相悦男女之爱，无论是他，还是她；无论是精神，还是心灵；无论她是生命中的绿洲，还是他是她爱情中的常青树，包括还有那些说不清楚的相互依赖，有谁敢说他们不是建立在爱情的基础之上。如果有人非要问个究竟，你可以理解为缘分，缘分也有一时和走到尽头的时候；你也可以认为，他们的结合是上帝的安排；当然我最信的还是缘于丁赟对爱的追求，缘于对爱的信仰。在当今物欲化的时代，《雪莲花开》何尝不是一部像雪莲一样圣洁的"爱情宝典"呢！

我在《雪莲花开》的结尾处写下了这样一段感慨：这绝不是风花雪月的梦想，这里也没有花前月下的漫步，这里只有一个个生命的奇迹。只有对祖国的无限忠诚，在5200多米氧气稀薄的唐古拉山输油泵站，即使每天躺着，不做任何事情，也是对意志和生命的考验，也是一种生命的奉献。唯有这种热爱才能在神圣的高原播下强军梦想的信念的种子。在这里，我把它照搬过来，一是强化写作的用意；二是以此点题点睛。